NONPLAYER CHARACTER
魔王・アザトース
PLAYER CHARACTER
ユーリ
PLAYER CHARACTER
キリカ
PLAYER CHARACTER
アリス
NONPLAYER CHARACTER
魔導王・ヴォーティガン
『絶滅大戦ラグナロク』開幕!

PLAYER CHARACTER
シル
「これくらいの痛みじゃッ、足りないなァッ！」
PLAYER CHARACTER
コリン
PLAYER CHARACTER
アンジェ
【女神の眷属】襲来――！

「殺すぅ……貴様を殺すぅ……！」
PLAYER CHARACTER
アラタ
「宣伝のために私の手でぶっ倒します★」
PLAYER CHARACTER
アカヒメ

「舐めるなよ、ペンドラゴン。
ちゃんと手札は
残してきたさ」
「――最終スキル・二重発動、
【豪剣修羅】
【剛拳羅刹】！」

ブレイドスキルオンライン

BLADE SKILL ONLINE

05

ゴミ職業で最弱武器でクソステータスの俺、
いつのまにか『ラスボス』に成り上がります！

Author
馬路まんじ
Illustration
霜降
(Laplacian)

BLADE SKILL ONLINE
05
CONTENTS

一　プロローグ　勝利の咆哮

「ス、スキンヘッドお前……味方になってくれるのか？」

「おうよ。――ただし、勘違いするなよ」

スキンヘッドは片手で俺の腰を抱き寄せると、もう片方の手で首を掴《つか》み上げてきた
……！

「『女神側』とかいう邪魔者どもを排除するまでだ。そっからは、オメェとオレ様だけの時間だぜぇ……ッ！」

「っ、あぁッ！　戦《や》ろうッ！　全部片づけたら、二人で朝まで盛大にっ！！！」

俺のライバル……俺の宿敵……！　これほど頼もしい援軍があるか……！

俺たちは顔を見合わせ、ニッと親友同士笑い合うのだった。

「ってでゴザル待つでゴザルッ!?　なんか納得いかないんだがー!?」

とそこで。敵プレイヤーの首をスパスパ切り落としながら、ザンソードがプンスカと近づいてきた。

いやなんだよザンソード。せっかく頼れる男が仲間になってくれたのに。

「みっっみっ認めんぞォーッ！　この筋肉ダルマめッ！　拙者だって、これまでユーリ

の敵だった立場を翻して仲間になったというのに！　なのに拙者とは違って、こんな……なんかっ……めちゃくちゃイイ感じの場面で参戦しおってッ！　さては貴様、出るタイミングを計っていたな？　そこまでしてユーリを自分のモノにしたいか！」

「はァ？　んなわけねェだろうが馬鹿ザムライ。つーかとっくにユーリはオレ様のモノだろ」

「なっなっなっ……!?」

……なぜか崩れ落ちるザンソード。

突然キレたかと思ったら、今度はショックを受けた表情で「とっくに……貫通済みか……」と意味わからんことをほざき始めた。なんか知らんがキモ面白いヤツだ。

あ、今度は泣きながら俺のお腹《なか》に抱き着いて頬ずりしはじめた。なぜか慈愛に満ちた瞳で「ならば拙者は武士らしく、次世代の命を守ろう……」とか言ってる。やっぱただのキモい奴《やつ》だ。

――まぁとにかく。

「それで、ペンドラゴン。本番前に今からやっちまうか？」

スキンヘッドとザンソードを側《そば》に置き、さらに背後にはハイになった『魔王側』プレイヤーたちを侍《はべ》らせ、俺は敵将に問いかける。

するとヤツは両手を軽く挙げ、苦い表情で「降参だ」と呟《つぶや》くのだった。

「ははっ……完敗だよ、ユーリくん。『女神側』の勝利を決定付けるための映像公開だったのに、キミたちのいい宣伝になってしまった」

「なぁに、お前たちのほうが数で勝ることは事実なんだ。そう不利になることはないだろう。

——まあともかく、今日のお前は負け犬だ。あと三秒で逃げ帰らないと公開処刑にしてやるぜ？」

「ッッ……！　いいだろうユーリ、本戦ではこの屈辱を千倍返しにしてやるさ……ッ！」

そんな意外にも子供らしい捨《す》て台詞《ぜりふ》を吐き、ペンドラゴンは白き光となって走り去るのだった。

ってなんだあの技？　あの全身ピカピカになるのも異世界のアーツってやつなのか？

「……まっ、いっか。これからはどんな敵がどんな技を使ってこようが、全部味わってぶっ殺してやるだけだからな……ッ！」

決意も新たに、空中に浮かんだ巨大ウィンドウを見上げる。

あそこにきっちり映り込んでいたことだろう。俺たちが数多《あまた》の敵を殲滅《せんめつ》し、大将を敗走させる光景が。

「見ていたか、全プレイヤーよ？　理解したか、『女神側』の連中め」

天に向かって呼びかける。

敵兵の死骸散る戦場の中心で、仲間たちと共に高らかに――！

「これが、俺たち『魔王軍』の力だッ！　敵対する奴は全員ぶっ殺すから覚悟しておけよォーーーーッ!?」

『ウォオオオオオオオオオオオオーーーーーーーーーーーーーッッッ！！！』

全員で中指をビッと掲げ、俺たちは勝鬨《かちどき》を上げるのだった――！

【あと三日！】魔王側プレイヤー会談スレ　１３【大暴れじゃぁ！】

1. 駆け抜ける冒険者

ここは大イベント『絶滅大戦ラグナロク』に向け、魔王側プレイヤーたちが話し合うスレです。

情報交換大いに結構。勝利するためにみんなで力を合わせましょう。

ただしここは共用の掲示板です。女神側プレイヤーに知られては困る情報は公開することを控え、また女神側への過剰な暴言は避けましょう。

次スレは自動で立ちます。
前スレ：http:// ＊＊＊＊＊＊＊＊＊＊＊

100. 駆け抜ける冒険者

おっしゃあああああああああああ！！！

昨日の公開バトルでやる気出たわッ！　暴れてやるぜえええええええ！

101. 駆け抜ける冒険者

>>100
プレイヤーキル喰らってしょげてたけど、俺も気合い入ったわ！

102. 駆け抜ける冒険者

>>101
ホントここまで追い詰められたら、逆に滅茶苦茶に暴れてやりたくなるよなぁｗｗｗ
戦力比８：２上等だよ。そんだけ狩る首が多いってことだし、味方が少なきゃ目立てるってもんだろ！

103. 駆け抜ける冒険者

>>102
ユーリちゃんみたいなこと言いやがってｗｗｗ
でもその通りだな！　むしろこっから逆転勝利できたら、俺たちヒールからヒーローだろ！！！

104. 駆け抜ける冒険者

>>103
おうよ。近代一番のネトゲー大戦争ってことで、当日は世界中のネットユーザーに向けてナマ動画配信されることが決まったってよ！

大将のユーリにも彼氏の筋肉ダルマにも負けねえよ。オレが一番目立ってやるぜ！

105. 駆け抜ける冒険者

よっしゃぁ大戦まで有給取ってきたぁあああああ！　こっからは俺も暴れまくってやらぁ！！！！！

……とその前に、武器の魔鋼化とやらをやらないとなー。

ぶっちゃけどうなんのよ？　見た目とか性能とか。

106. 駆け抜ける冒険者

>>105
カッコいいぞー？　表面が黒くペッカペカになって、赤い光の線がビキビキーッて走る感じ。

性能の上昇は微々たるものだが、オンオフ可能な武器スキル【魔王の眷属】ってやつが付くんだよ。

同じ魔王側プレイヤーに攻撃を当てちゃってもダメージが入らなくなるんやで。

107. 駆け抜ける冒険者

>>106
女神側は【女神の眷属】ってやつが付くらしいな。

どっちもフレンドリーファイヤかます心配がなくなるから、大戦で思いっきり暴れられるようになるんだな！！！

108. 駆け抜ける冒険者

>>107
【魔王の眷属】かー。
今回の大戦のストーリーってたしか
『戦士たちはそれぞれ、破壊の魔王アザトースと創世の女神ユミルの遺した力を受け取った。両陣営は世界の覇権を懸け、大戦争を巻き起こすことになる』
みたいな感じだったから、魔王アザトースとかいうのの眷属になったってことだよな？

　でもさー。運営的には魔王はそいつのつもりなんだろうけど、俺たちにとっての魔王と言えば、やっぱユーリちゃんだよなー。

130. 駆け抜ける冒険者
>>108
同意同意！！！　いうなれば【魔王ユーリの眷属】って感じ？

いつだって好き放題しまくってるあの子は、見てて気持ちよくなっちまうからな！

てかオレ、動画サイトであの子が暴れまくってる映像見て、このゲーム始めたわけだし！

151. 駆け抜ける冒険者
>>130
俺も俺も！

よーし、本番まで俺たちも好き勝手しまくってやろうぜ！

敵が集団ＰＫなんざかましてくるなら、こっちだって暴れ回ってやらぁーーーーーー！！！！

第七十二話　魔王たちの夜

「──いくぞテメェらッ！　虐殺じゃぁあああああーーーーーーッッッ！」

『うぉおおおおおおおおおおーーーーーーーーー！！！』

『絶滅大戦ラグナロク』まであと三日ァァアアアッッッ！！！

スキンヘッドを仲間に加えた俺たち『魔王軍』は、完全に暴走していたッッッ！

「走れえええええええええええええ！！！　襲えええええええええええ！！！　目につく敵はぶっ殺せぇえええええッッッ！！！」

『ヒャッハァアアアアアアアアーーーーーーーーーーーッッッ！』

暇さえあれば襲撃祭りじゃッッッ！

動けるメンツを総動員して、暴走列車のごとく女神側プレイヤーをぶっ殺しながら走り進む。

「くっ、魔王側の連中めッ！」

「滅茶苦茶《めちゃくちゃ》しやがってーーーっ！」

「おいみんな集まれッ、奴らを止めるぞッ！」

もちろん敵も無抵抗ではない。

被害者たちと連絡を取り合い、何十人ものプレイヤー集団を次から次へと差し向けてくるが――、

「―― オ レ 様 と ユ ー リ の 前 に 立 っ ん じ ゃ ね え ぞ オ ラ ァ ア ア ア ーーーーーーーーーッッッ！！！」

「「「うわぁあああああーーーーーーーーーっ!?」」」

爆裂の鉄拳が敵を次々と吹き飛ばしていく。

一瞬にして肉片の山を作り上げ、スキンヘッドはフンッと鼻息を噴くのだった。

「ナイスだスキンヘッド！　やっぱりお前は頼りになるぜっ！」

「ありがとよォユーリ！　オメェと肩を並べて好き勝手すんのも悪くねーなァ！」

ニッと笑い合いながら、俺たちは拳を打ち合わせるのだった。

――そうして暴れること数時間。ゲーム内のお月様もすっかり空に昇ったところで、俺は仲間たちに「ここらで今日はお開きにしよう」と呼びかけた。

「無理して戦うこともないからな。みんなそろそろ休めよー」

『えーまだいけますよーっ！』

「ダメだダメだ。ずっとゲームしまくってるとザンソードみたいな変態になるぞ？」

『お疲れっしたログアウトして寝ますッッッ！』

……ザンソードの名を出した途端に爆速で休息するプレイヤーたち。

大戦までに体調崩したら本末転倒になっちまうからな。ある意味ザンソード様様だぜ。

「ンで、そういうユーリは寝なくていいのかよ？　せっかくの美肌が荒れちまうぜ～？」

「むっ、好きで美肌してるわけじゃねーよ。かくいうスキンヘッドは？」

「ワハハッ！　オレぁオメェと会ってから、すっかりブレスキにドはまりだからなー。徹夜でゲームなんていつものことよ」

「元気だなー」

リアルのほうでもずいぶんとタフな野郎らしい。

まっ、そんな俺のほうもゲーム三昧してるんだけどなー。

まさか最初はここまでハマるなんて思わなかったぜ。

「色々と文句を言いたくなることもあるが、俺もこのゲームにどっぷりだよ。

――改めて、ありがとうなスキンヘッド。初日に声をかけてくれて。俺がここまでやってこれたのは、お前と出会えたおかげだよ」

「へっ、よせやいユーリ。オレ様はただ、好みのタイプにナンパかましただけだっつーの！」

何でもないことのように言いながら、俺のケツをパシパシと叩《たた》いてくるスキンヘッド。

……ただよく見れば、ヤツの頬は少しだけ赤くなっていた。どうやら照れているらしい。

「なんだお前、意外と照れ屋さんなのか？　その蛮族みたいな見た目で？」

「って照れてねェーし蛮族でもねぇわッ！

くそぉっ、ちょっと勝ち越してるからってナメやがってこの野郎が……！　こうなったら、オメェと会わない間にしてきた大冒険の記録を朝まで語ってやるぜッ！　オラッ、そこらの街で宿取りに行くぞッ！」

「おー上等だ聞いてやるよ！　その上でお前よりもすごい冒険譚《ぼうけんたん》を語って涙目にしてやるぜッ！」

「ンだとーッ!?」

肘をゲシゲシとぶつけ合いながら、スキンヘッドと共に夜道を歩く。

思えばこんなの初めてかもな。親友と一緒に朝まで騒ごうなんてさ。

「……これからもよろしくな、ダチ公」

「へっ……わざわざ言うことでもねぇだろ、ダチ公」

――こうして、俺たちの夜は更けていくのだった。

第七十三話　発見ッ！『ヴォーティガン王の呪い島』ッッッ！

「さぁヤリーオにクルッテルオッ、大冒険の始まりじゃああああッ！」

「「うわぁああああああーーーーーーーーーっ!?」」

大戦争まであと二日ァッ！

俺はヤリーオとクルッテルオと共に、『ファイヤーバード』に乗って中空を翔《か》けていた！

「よしチュン太郎ッ、さらに加速しろ！　強化魔法『スピードバースト』ォ！」

『ピヨォオオオオーーーーーーッ！』

爆速で天を征《い》く『ファイヤーバード』ことチュン太郎。

俺と一緒にいたことで今やレベルは70を突破し、そのスピードも爆上がりだ。必死で組み付いてないと風圧で吹っ飛ばされそうになる。

だけどちんたらと飛ばしているわけにもいかない。

「あぁッ、あそこで飛んでるのってユーリじゃねえか!?」

「ぶっ殺せーー！　撃ち落とせ魔法使いぃッ！」

「弓使いも打ちまくれーーーーっ！」

下から飛んでくる魔法レーザーや矢の嵐。

地上にいる女神側プレイヤーたちの仕業である。先日の虐殺パレードによって向こうも殺気立っており、今やお互いに顔を合わせたら殺し合う状態だ。

俺はチュン太郎に回避させながら、空から【武装結界】で爆殺武器を飛ばしまくって敵を殲滅《せんめつ》するのだった。

「わははっ、よし死んだー！　この殺し方も戦闘機みたいで楽しいな～！」

「うひぃいいい……道中からして派手すぎるっす……！」「シャキッとしなさいヤリーオ！　ユーリを見習うって決めたでしょっ！」

グロッキー気味な地味槍《やり》使いのヤリーオと、そんな彼の背中をパシパシ叩くケモミミ女のクルッテルオ。なんだか姉弟みたいなコンビである。

――そもそもどうしてこいつらと旅することになったかというとだ。

いつものごとく元気にログインすると、この二人がやってきて深々と頭を下げてきたのだ。

彼ら曰《いわ》く、『いつまでもやられっぱなしは嫌だ。強くなるために修行をつけてほしい』とのこと。

……まぁたしかに、一応はトッププレイヤーの二人だけど、すごく強いかと言われたらウーンって感じだもんなぁ。そんな願いをしてくるのも納得だ。

というわけで、俺はこいつらと臨時パーティーを組むことになったわけである。

「ってもお前ら、俺ってば指導なんてほとんどしたことないぞ？　それに大戦まで二日しかないわけだしさぁ……」

「いいんすよ、『ユーリ師匠』ッ！　アンタの背中をただ見せてくれれば！」

「むっ、ユーリ師匠だと……!?」

な、なかなか素晴らしい響きじゃないか……！

思わずチュン太郎にしがみつきながらニヘニヘしてしまう。

そこへヤリーオに続き、クルッテルオも必死な表情で訴えてきた。

「私も同じくよ。自慢じゃないけど私とヤリーオ、できる限りのオリジナルアーツは覚えたしレベル上げもきっちりしてるもの。それでも負けることが多いとなれば、もう意地や根性の問題でしょ……っ！

だから『ユーリ師匠』、今日はアナタの戦う姿を見させてちょうだいっ！」

「おふっおふっ、ユーリ師匠……！」

や、やっぱりイイ響きじゃねーかコンチクショウッ！

「よぉーしお前らの気持ちはよくわかった！　それなら全力で暴れてやるから、ちゃんと見ておくんだぜっ!?」

「「やったー！」」

機嫌がよくなった俺は、チュン太郎に上級強化魔法『ハイパースピードバースト』をかけてさらにぶっ飛ばさせるのだった！

あ、ヤリーオが飛ばされた！

◆　◇　◆

「――で、ここどこだよ？」

「「ホントにどこぉーっ!?」」

それから数分後。俺たちは無人島に到着した……！

というのもあれだ。

実は一回目のアップデートのとき、『ファイヤーバードのような騎乗可能な飛行モンスターは、五分しかプレイヤーを乗せれない』って縛りが設けられてたんだよなー。

それをすっかり忘れていたせいで、召喚から五分後にチュン太郎が消失。

そのせいで俺たちトリオは見事に落下することになったうえ、下はなんと荒れ狂う河だった。

そっから激流の中を流されまくって滝から落とされて、さらに下流を強制ウォータースライダーしまくることになって、しかもしかも海に飛び出すことになった俺たちを待っていたのは、巨大な渦潮だったのだ……！

あとはもう洗濯機状態だ。

みんなで『ギャアアアーーーーーッ!?』と絶叫を上げながら渦に呑《の》み込まれ、気付いたらどっかの島の海岸に流れ着いていたのだった……！

「いやぁーなんか知らねーけど大変なことになっちまったなー。マジでここどこだよ？」

全身ずぶ濡《ぬ》れになりながらあたりを見渡す。

鬱蒼《うっそう》とした木の茂った自然豊かな島だ。でもなんかあちこちの木々の隙間から、ガオーとかギュオーとか変な鳴き声が聞こえてくるんだよなぁ。なんかいるのか？

「おらおらっ、見てないでかかってこいよ！」

そうして俺がシュバシュバとパンチを繰り出していると、ふいにポーンッという音が響いた。

・ワールドニュースッ！
おめでとうございます！　ユーリさん、ヤリーオさん、クルッテルオさんが、隠し高難易度エリア『ヴォーティガン王の呪い島』を発見しました！

　このエリアのモンスターのレベルは『侵入プレイヤーの平均レベル＋15』に設定される上、侵入してきたプレイヤーたちに強制的に呪いがかけられます。

　全員の全ステータスが半分になりました。


「『って、モンスターレベル＋15⁉　全ステータス半分ッ⁉』」

　抱き合いながら悲鳴を上げるヤリーオとクルッテルオ。本当に仲がいい二人だぜ。

……にしても渦潮に呑まれた時はどうなるかと思ったが、まさかこんなところを見つけちまうなんてなー！

「へへっ、隠し高難易度エリアとかワクワクするじゃねーかよ！　壊れボス『死滅凱虫《がいちゅう》アトラク・ナクア』に出会えたことといい、俺ってば運がいいよなぁ～！」

「う、運がいいとは一体……⁉」「え、いつもこの人こんな無茶苦茶な冒険してるのぉ……⁉　これから私たち、どうなっちゃうわけぇ……⁉」

　何やら涙目になっている弟子二人を引っ張り、俺はズンズンと島の奥へと進んでいった――！

◆
◇
◆

――隠し高難易度エリア『ヴォーティガン王の呪い島』。

そこは暗黒植物系モンスターの宝庫だった。

かつて仲間にした『ドラゴンプラント』のような、捕食植物に幻獣を掛け合わせたような珍妙な怪物たちが多数現れ、俺とヤリーオとクルッテルオを襲撃してきた。

逃げることは難しい。なにせ島の特殊ルールにより、向こうはこちらよりもレベルが大きく高い上に、逆にこっちは全ステータスが半分になっているのだから。

さてさてとなれば――

「――二倍の気合いで避けまくって、二倍激しく攻撃すればいいってなぁッ！　特殊行動アーツ『八艘飛び《はっそうと》』ッ！」

『ゴガァアアアッ!?』

跳躍強化の技を使用し、モンスターの群れの間を飛びまわる！

迫りくる牙や爪を連続回避。八回目のジャンプ中にクルリと回りながら弓矢を出現させると、敵連中めがけて一気に射出！　わずかな隙に攻めて攻めて攻めまくって、暗黒植物どもを殲滅していくッ！

「わはははははっ！　いいなぁここッ、大戦前のいい修行場になるぜ！　お前らも楽しんでいこうぜ〜！」

「「って楽しめるかーッ!?」」

——などと叫びつつ、ヤリーオとクルッテルオも奮闘していた。

「くそっ、弓使いの師匠に動きで負けてられるかッ！　アーツ発動『瞬間強化』ッ、からの『バニシングスピアー』ッ！」

万能ジョブ『ブレイブランサー』のヤリーオは、種々様々なアーツで欠けたステータスをどうにかカバー。場合によっては投擲《とうてき》攻撃も行い、堅実にピンチを撥《は》ね除《の》けている。

対して隠密《おんみつ》格闘ジョブ『ビーストライザー』のクルッテルオもすごいぜ。

「アーツ発動『立体駆動』！　そしてッ、連続『烈蹴撃』！」

こっちはめちゃくちゃトリッキーだ。あちこちの木々を駆け上がったり跳ねたりしながら敵を翻弄。そこから弾丸のような素早い飛び蹴りをかましまくり、回避と攻撃を両立させていた。

「流石《さすが》はトッププレイヤーコンビだな。俺も負けてられないぜッ！」

なにせ今日の俺は師匠だからなっ！　弟子たちにカッコいいところを見せてやらねば！

俺はスキル【武装結界】によってポン一族が宿った七本の武具を展開。さらに三本のポン矢を握って、敵に構えると――！

「新必殺技発動ッ、『暴龍撃』三十連打ァアアアーーーッ！」

魔龍の群れを召喚し、敵を一気に滅ぼしていくのだった――！

◆　◇　◆

「――ぐぁーっ疲れたっすー！　てかマジであの技なんなんすか師匠!?　あの龍がいっぱい出るやつ！」

「『暴龍撃』三十連打のことか？　まず『暴龍撃』ってのは隠し条件を満たすと天狗《てんぐ》仙人が教えてくれる技で、それを隠し条件で弓矢以外の武器でも撃てるようにして、隠し条件で進化させたポン太郎たちを三体に分身させながら放つんだよ」

「なによそれ、隠し条件のオンパレードじゃないの……」

一通りの戦闘を終えた後、俺たち三人は焚火《たきび》を囲みながら休憩していた。

ちなみに場所は島の奥地にあった古城の前だ。ここに近づくほどにモンスターがわんさか出てきたんだが、いざ城の前まで来ると襲撃がピタリとやんでしまった。

「あるんすよねーダンジョンには。モンスターがほとんど出なくなる場所が。そういうところを指して、『セーフティスポット』って呼んでるんスけど……」

「そういうのは大抵、さらに強いモンスターが出るエリアへの境目にあったりするのよねぇ。たぶんこの城の中はもっと地獄かもだわ……」

うんざりした表情のヤリーオとクルッテルオ。

ここに至るまでの戦闘ですっかりお疲れらしい。まっ、島に来るまでにドンブラコもしたからな。

「よーし。じゃああとじっくり三分休んだら、城の中に出発だ～！」

「「って三分だけーっ!?」」

何やら不満げな様子の二人。

いや当たり前だろ。大戦まで時間もわずかなんだから、一分一秒も無駄にできないっての。

「まったくお前ら、スキンヘッドを見習えよ。あいつなんてここ数日、ブレスキ世界の最上級エリアを放浪してずっと戦い続けてたらしいぜ？　ボスの初討伐も何度もしたってベッドで聞いたぜ？」

「「ベッドでッ!?」」

「？　そうだが？」

って驚くのはそこなのかよ。ボスを初討伐しまくってた件に驚いてやれよ。

——ちなみにブレスキでは、初めてボスを狩ったプレイヤーの名前がワールドメッセージで流される機能があったりする。俺のところにもきっと流されていたのだろう。

だがしかし。スキンヘッドの本名が、ラインハルト……なんとかかんとかだったせいで、まっったく気付いてなかったわけだ。

「ったく、何がラインハルトだっつの。だってアイツ見た目蛮族じゃん？　そんな貴公子みたいな名前結びつくかよ」

「……下半身も蛮族だったんすか？」

「は？」

よくわからんことを言うヤリーオに首を傾《かし》げる。

まぁとにかく休憩はここらで終了だ。この島は敵も強いけど経験値もウマいし、引き続き暴れてやるとしますか。

そうして俺たちが立ち上がった……その時。

「——すごいわねぇユーリちゃん。激流に呑まれることで時速百キロを維持しながら海に飛び出し、その条件で渦潮に呑まれることでしか到達できない隠しエリアを見つけるなんて。アタシも調査してたのに、僅差で負けたわぁ……！」

「ッ、お前は!?」

振り向けばそこには、全身ピンクのイケメン眼鏡野郎・マーリンが立っていたのだ。

ついでに、彼の横には……、

「おぇぇぇぇぇぇぇぇぇぇ……なにあのルート……ぎもちわるいよぉ……！」

──かつて俺を襲ってきたゴスロリ銀髪少女・アリスが、涙目でふらふらしていたのだった……！

大丈夫？

第七十四話　攻略っ、ヴォーティガン城！

「――な、なんスかこの滅茶苦茶《めちゃくちゃ》ビジュアルが濃い人……！　オレなんかと違って、色々派手過ぎません……？」

「よろしくぅーッ♡」

「えぇと、アナタ大丈夫？　背中さすりましょうか……？」

「うぅ、ありがとうねぇ……！」

マーリンに圧倒されるヤリーオと、アリスを介抱するクルッテルオ。

なんともカオスなことになってしまった。まさかこんなところでこいつらと再会するとは。

「あ、お前ら気を付けろよー。そいつら『女神側』のプレイヤーだから」

「「えッ!?」」

ババッと距離を置く二人。流石の反応速度である。

彼らは一瞬で武器を構え、マーリンとアリスを睨《にら》みつけた。

「って敵だったんスか……！　やけに馴《な》れ馴《な》れしいから、ユーリ師匠のお知り合いかと」

「そういえばこのチビっこ、ペンドラゴンと一緒に師匠を襲った刺客プレイヤーの一人だったわね……！」

一触即発の空気が古城の前に流れる。

そうしてヤリーオとクルッテルオが攻めかからんとしたところで、マーリンが苦笑しながら手を挙げた。

「ストップストップ……！　先日のペンドラゴンちゃんと同じく、今日のところはアタシも降参するわぁ。アナタたち二人相手ならともかく、そっちのボスがちょっとどうしようもなさすぎてねぇ……」

冷や汗を流しながら俺のことをチラ見するマーリン。

なんだやらないのか残念だ。こいつの戦法はなかなか面白かったから、いつでも再戦ウェルカムなんだが。

「いいぜマーリン。今は殺さないでおいてやるよ」

「あっ、殺すこと自体はもう確定なのねぇ……！　やっぱりユーリちゃん、裏切ったアタシのことを恨んでる……？」

「ははっ、んなわけあるかよ。お前の情報のおかげでポン太郎たちは進化できたし、普通に感謝してるくらいだぜ？　ただ陣営が違うからブッ殺すだけだ、よろしくな！」

「ひえっ、相変わらず恐ろしい子っ……！」

というわけで一旦停戦協定だ。

まぁこれがマーリン以外のヤツなら問答無用で消し飛ばしてたんだが、こいつは『情報屋』だからなー。

「じゃあマーリン。仲間になったところで、お前が調べたっていうこの島の情報、俺たちにも教えてくれるか？　ちなみに断ったらぁ……！」

「って断らない断らないわよぉっ!?　だからその死んだ目で笑いながら迫ってくるのやめて頂戴ッ！」

手をブンブンと振りながら後ずさりするマーリン。

ヤツはコホンッと咳《せき》ばらいをすると、この『ヴォーティガン王の呪い島』の背景を語り始めた。

――マーリン曰《いわ》く。かつて『ヴォーティガン』という頭アッパラパーのおっさんがいたらしい。

そいつは魔導実験がご飯のおかずにするくらい好きで、ハイテンションで民衆を実験台にするようなクソ野郎だったそうな。

当然ながら人々はブチきれて反乱。その結果、ヴォーティガンはこの島に逃げ込んだらしいとのこと。

俺たちにかかったステータス半分の呪いや、島中の暗黒植物たちは、その男の魔導の成果だとか。

「――ある村の言い伝えによると、呑《の》まれたが最後、死体が絶対に見つからなくなる急流があるらしいの。

それがこの地の発見に繋《つな》がるヒントだったわ。ヴォーティガン王も逃亡中にその川に流されて亡くなったとされているけど、それからも時折、彼の人造モンスターらしき暗黒植物の死体が海から流れてくることがあって、生存が示唆されていたのよ」

「あぁ、そういえばお前さっき言ってたな。時速百キロで渦潮に突っ込まないとたどり着けないとか」

「そう。どうやら例のハイテンションクソ野郎はあの渦に呪法をかけていたみたいでね～。そのアホみたいな条件を満たした者にのみ、死の渦潮は転移陣として働くってワケ。検証として普通に渦に入ったら溺れ死んだわぁ……」

「って無茶するなぁ。大戦前にデスペナ喰《く》らうのはキツいだろうに」

いまいち摑《つか》みどころのない男、マーリン。

しかし情報収集に関しては本気なヤツだ。先日『魔王側』に流れてきた考察スレ民とかいう連中曰く、『あの人は様々なVRゲームに潜り、嬉々《きき》として探求を続けてきた人です。このブレスキの攻略サイトに乗せた新情報も数知れない』と誇っていた。

俺も以前から世話になってたかもだな。

「残念だぜ、ぜひ仲間にしたい人材なんだがな」

「あら、アタシもユーリちゃんのことは嫌いじゃないわよ？　いつだって新戦法を身に付けまくりなアナタは見てて飽きないし。

……でもねー。VR技術の女神様な竜胆《りんどう》さんに、リアルで直々に仲間になるよう誘われちゃったらねぇ……。アタシVRゲーム大好きだから……」

あん？　竜胆ってたしか、フルダイブ機能を作り上げてVRMMOを進化させた人だよな？　それでノーベル賞とか取った人。

子供のころにテレビに出まくってたぜ。

「……えっ、ペンドラゴンって竜胆なの!?」

「あっ違う違う違う！　あくまでも『ペンドラゴンの仲間になれ』って言われただけよ、オホホホ……！」

「ほ～ん……」

まぁそういうことにしておいてやるが、ペンドラゴンがフルダイブの始祖なら納得かもだ。

アバターを自由に動かすには、センスだけじゃなく操作時間も大事になってくるからな。

その点アイツの攻撃は速すぎて鋭すぎて意味わからんかったし、こちらを完全に詰ませに来る知略も、最高峰の学者と考えれば納得できる。

……あと、敗走時の捨《す》て台詞《ぜりふ》が明らかに言い慣れてなかったのもな。

「へっ……相手にとって不足なしだ。じゃあアイツをぶっ倒すためにも、この古城を攻略してさらに強くなってやるぜッ！」

「気を付けなさいよユーリちゃん。さっき言った通り、ヴォーティガンって男はどうしようもないヤツらしいからねえ。よくトラップを作っては民衆をひっかけて笑い転げていたそうよ」

「情報サンキュー。うし、気を付けて進むとするぜ……！」

そうして俺が入り口のドアノブに手をかけた――その時。不意にチクリと握り手に痛みが走った。

なんだなんだと手を放し、ドアノブの裏側を見てみると……。

「……っておい、なんか画鋲《がびょう》が張り付けてあるんだが……？」

「あ～……それってたぶん、ヴォーティガンの仕掛けた罠《わな》の一つなんじゃないかしら？」

「ッッッッ!?」

その瞬間、ブチッッッとこめかみから何かが切れる音がした――！

俺は足元に巨大召喚陣を出現させると、城内のクソ野郎へと吼《ほ》え叫ぶッ！

「しょっ、小学生みたいなトラップ仕掛けてんじゃねぇぞオラァァァアアアーーーッ！！！」

『グガァアアアアアーーーーーーーーーーッッッ！』

巨大モンスター『ギガンティック・ドラゴンプラント』召喚ッ！

俺は怒りのままにギガ太郎に命じ、『ヴォーティガン王』の住まう居城に大熱線レーザーをブッぱなさせた――!

◆　◇　◆

――結論から言うと、『ヴォーティガン城』を焼き払うことは不可能だった。

流石《さすが》に運営も学んだらしい。まず城自体が破壊不能オブジェクトな上、土地のほうにも属性変更不可設定が付与されていた。

おかげで前に教皇を城ごと焼いたような手は使えず、やむなく俺はヤリーオとクルッテルオ+敵であるマーリンとアリスを連れて、城に乗り込んだわけだ。

だが、ここはイタズラ好きだったというヴォーティガンの城。

入城一歩目で、『強制転移陣』なるものを踏んでしまい……、

「おええぇ……ごめんねぇ、ユーリさん……!」

「まー気にすんなって」

ゴスロリ悪魔を背に、城の中を駆け回る。

俺は現在、刺客プレイヤーの一人である『逆鱗《げきりん》の女王アリス』と二人っきりになっていた。

ちなみにずっと彼女は青い顔だ。ここに来るまでの〝激流に流されて渦潮に突っ込む〟という条件を前に気持ち悪くなってしまい、酔いがまだ覚めないらしい。

使い魔のウルフキングに乗せたら酔いが激しくなってしまいそうなので、おんぶ状態で揺らさないよう運んでいく。

「うぅ……ユーリさんからすれば、私も憎い敵の一人でしょうに……。もしも邪魔なら、そのへんに放り捨てても大丈夫だからね？」

心底申し訳なさそうにするアリス。

まあ確かに、こいつにはペンドラゴンやキリカと一緒に三連戦を仕掛けられたこともあったなぁ。

だけど、

「んなことするわけあるかっつの。

お前のことはきっちり一回ぶっ倒したし、何より体調の悪い相手を放置しても、後味が悪いだけだろうが。それに……」

スキル【武装結界】により剣や槍《やり》を展開し、空中から襲いかかってきた巨大コウモリたちに放った。

武装に宿るポン太郎たちの力は驚異的だ。進化したことで威力とホーミング力がぐっと上がっており、瞬く間に敵を葬っていく。

「この通り、俺は両手が使えなくても戦えるからな。だから邪魔になんてならねーから、気ままに休んでおけっての」

「ユーリさん……」

本当にありがとうね……と呟《つぶや》きながら、アリスは気後れすることなく身を預けてきた。

――ちなみに俺の筋力値はゼロだ。実は小柄なアリスを一人背負うだけでも腕がプルプルしており、ぶっちゃけ息が上がりそうなのは秘密にしておく。

男の沽券《こけん》に関わるからな……。

「私ってばリアルでも身体《からだ》が丈夫じゃなくてね……ＶＲ適性もあんまりなくて、アバターを動かすのも苦手なの。

それで選んだ戦闘方法が、その場から動かないことを代償にした魔法ゴリ押しスタイルってわけ」

「あ～、あの何百発もレーザーをブチ込んできた意味わからん戦法な……」

なるほど。あのチート攻撃の裏には、そんな制約があったわけだ。

「よくずるいって言われるけど、他にもＨＰを１にしたり、自分のステータスを魔力値以外１にして、ようやくあの攻撃を可能にしてるのよ？」

「へ～、俺も似たような感じだから親近感湧くなあ。

ああ、でも明後日《あさって》の『絶滅大戦』だと、刺客プレイヤーたちの異世界スキルは封印されちゃうんだろう？」

そうしたらアリスお得意の戦法はできなくなってしまうはずだが。

そう心配する俺に、彼女は「問題ないわ」と背後で微笑《ほほえ》む。

「刺客プレイヤーを倒したら、異世界のスキルを装備に宿せるようになる素材アイテムが手に入るでしょう？

だから私と同じく『ダークネスソウル・オンライン』からやってきた人を殺しまわってね、きっちりスキルを揃《そろ》えたわ」

「何やってんだよアンタ……」

思わずドン引きしてしまう。

見た目は気弱そうな女子小学生にしか見えないが、やることはかなり滅茶苦茶《めちゃくちゃ》だな。

そういえば刺客プレイヤー対策で別のゲームについて調べたが、『ダークネスソウル・オンライン』って初心者狩りなんかが流行《はや》ってたギスギスゲーだったそうだからな。

何よりあのペンドラゴンと同郷と思えば、過激なのも納得か。

「……となれば、ペンドラゴンも弱体化することなく戦場に立ってくるってわけか。そいつは倒し甲斐《がい》があるってもんだぜ」

なおさら大戦が楽しみになってくるな。

弱った相手を倒したところでスッキリしないからな。フルパワーのライバルをぶっ倒してこそ、勝負ってのは気持ちよく終われるものだ。

その最高の瞬間を想《おも》って胸を弾ませると、アリスがフフッと笑いかけてきた。

「うふふ、ユーリさんってばいい人な上に、本当にバトルが大好きなのね。アラタくんにちょっと似てるかも」

「アラタって?」

「私の婚約者さんよ」

へ～……って、婚約者!?

俺はギョッと振り返り、アリスの顔を見た。

……どう見てもロリっ子にしか見えない。このゲームは顔や身長はリアルベースになるため、現実の彼女もほぼこんな感じのはずだ。

「い、違法なのでは……?」

「って合法よ！　私これでもアラサーよ!?」

涙目になってぷりぷり怒るアリスさん。どう見てもお子様です本当にありがとうございました。

「えええええ……色々な意味で、えええええええ……?」

たしかに前にロリじゃないとか言ってたけど、マジでマジかよ……てかこれでアラサーとかありえないって。

いやまぁ彼女の実際の年齢はともかく、そのアラタってヤツは間違いなくロリコンだろう。それだけは絶対だ。

「もう……私ってそんなに子供っぽく見える？　今度アラタくんのご実家に挨拶に伺うときには、高めのヒールを履いていこうかしら……」

「いやぁ、ちょっと背伸びしたくらいじゃどうにもならないと思うぞ？

……そういえばウチの兄ちゃんも、今度婚約者を連れて帰省するって言ってたなぁ」

「あらそうなの？　……まさか？」

「っていやいや、そんな偶然があるわけないだろ～」

まさかゲームでたまたま知り合った相手が未来の義姉《ねえ》ちゃんなわけがない。

俺は苦笑を浮かべながら、兄ちゃんが——『新田《にった》』家の長男がどんな女性を連れてくるか、しばし思いを馳《は》せるのだった。

第七十五話　踏破、ヴォーティガン城！

「ちなみにユーリさん、年齢の話題はペンドラゴンには控えてあげてね。あの人、そのへん気にし始めてるから……」

「マジでか」

アリスと共に『ヴォーティガン城』を駆け回り続ける。

イタズラ好きの魔導師が作った城だけあり、モンスターは急に飛び出してくるし、罠はそこら中に仕掛けられているしで厄介極まりない。

だけど、俺の歩みは止まらないぜ。

『ツ――ッッ！』

次の瞬間、足が勝手にジャンプした。

その数瞬後には足元の床が割れ、底が見えないほどの大穴が露《あら》わとなる。

「うわぁあっぶね。助かったぜ、マーくん」

『ツ――！』

足装備に宿った相棒に礼を言う。

床周りのトラップに関してはマーくんに任せることにした。俺は目の前だけに集中し、何かが飛んでくることがあれば【武装結界】で盾を呼び出して防いでいく役目だ。

ちなみに頭上からもよく魔物が襲ってきたりするんだが、

「消えなさい——暗黒呪文『ダークネス・ブレイカー』、七連打ッ！」

『グガァアアアッ!?』

上に向かって炸裂《さくれつ》する七条の黒閃《こくせん》。

おんぶしているアリスが、落ちてきた魔物たちを一瞬にして焼き払った。

「上は私に任せてね。ユーリさんのおかげで、気分もだいぶよくなったからっ」

「おうよ！」

流石はゲーム界の大先輩、仲間になると頼もしいぜ。

こうして俺たちは三位一体となり、トラップまみれの城を踏破していくのだった。

◆
◇
◆

「うし着いた～」

あれから数十分。枝分かれした通路をあっちに行ったりこっちに行ったり、途中でアリスや使い魔たちと休憩がてらオヤツを食べたりしながら、俺はようやくボスがいるっぽい大扉の前にたどり着いた。

「着いた……はいいけど、マーリンたちとは会わなかったなー?」

「そうねぇ」

このままアリスと二人でボスに挑んでいいものだろうか?

マーリンは敵勢力だからともかく、俺を師事してついてきてくれたクルッテルオとヤリーオを放置するのは気が引けてしまう。

と、そう考えていた時だ。

「フッフッフ……迷路ってのはネ、右手を壁に当てて進み続ければいつかはゴールにたどり着けるのよ。コレが右手の法則よンっ……☆」

「いやいやいや、いつかっていつっスか!? トラップまみれでこのままじゃHP尽きるんですけどォ!?」

「ぉぅ~……モンスターも急に現れる系ばっかだし、この城イヤー……!」

この場所に続く別の通路から、ボロボロな三人が顔を出した。

どうやらこちらとは違い、罠《わな》の数々に相当苦戦したらしい。それでもここまで来れるあたり、流石《さすが》はトッププレイヤーたちだな。

「よぉお前ら。だいぶやられたみたいだな」

「あらッ、ユーリちゃんたちもう着いてたのン!?　……そっちはずいぶん元気そうネぇ？」

「アリスのおかげでな」

お世辞ではなくこれは事実だ。

やむなくアリスを背負いながらの移動になったが、どうやらそれが城を踏破するための
ベストな形だったらしい。

やられやすい魔術師プレイヤーを庇《かば》いつつ、さらには注意する方向を分担することで即
座に反応できるようにする。そうして俺たちはほぼ無傷でここまでたどり着けたわけだ。

ほとんどソロでやってきた俺だが、たまには協力し合うのもいいもんだな。

「さて。それじゃあボスに挑む権利をかけて、『女神側』と『魔王側』に分かれて潰し合
う……ってのもアリだが」

合体していたアリスを降ろし、大扉のほうを親指で示す。

「ほとんど同時にたどり着いたんだ。ここはみんなで仲良く、クソみたいな城の主をブン
殴ってやるのはどうだ？」

俺の言葉に、トラップにやられまくってきた三人が力強く頷《うなず》いた。

よし決まりだな。隠しエリアの隠しボス、正面堂々ぶっ倒してやるぜッ！

第七十六話　激闘、『魔導王ヴォーティガン』！

五人で開けた大扉の向こう。

そこには、荘厳なる玉座の間が広がっていた。

部屋に踏み込む俺たちへと、ある者が声をかけてくる。

『――戦士の皆様、よくぞおいでくださいました。鬼畜外道なるヴォーティガン王の御前によおこそォ～』

そう言って丁寧にお辞儀をしてきたのは、部屋の中心に立つ道化姿の少女人形だった。

……ああ、たしか中世では、王様はピエロを側《そば》に仕えさせているとか聞いたことがあるな。

王を揶揄《からか》うことを許され、民衆たちからの悪評や他の臣下たちが言いづらい文句を冗談交じりに伝える役目だったとか。

少女人形のピエロはキシキシと関節を鳴らし、部屋の奥を指し示す。

『かの王こそはまさに害悪ッ！　イイ年こいてイタズラ好きな上、魔導実験に平気で民衆らを使い、最後はこの島に追われたオロカモノでございます！

そんな男は、あちらに……って、指し示す必要すらありませんよねぇ？』

「あぁ、見ればわかるさ」

玉座のほうへと目を向ける。

そこには、様々なモンスターの部位を身体《からだ》に縫い付けた異形の男が座っていた。

『クハハハハッ、よくぞここまでやってきたッ！　我が名はヴォーティガン、絶対なる魔導の探究者にして――』

「知ったことかよッ！」

口上を聞いてやる義理などない！

俺はスキル【武装結界】により刀剣の数々を呼び出し、ヴォーティガン目掛けて射出した。

さらには背後に立つアリスが「暗黒呪文『ダークネス・ブレイカー』、百二十八連発動！」と唱え、黒閃の弾幕を浴びせかける。

無数の爆発が起こり、煙の中に消え去るヴォーティガン。

並のボスなら一瞬で消えてしまうような集中砲火のはずだが……、

『――我が究極の肉体の前には、まったく効かぬわァァァッ！』

「なにっ!?」

土煙を吹き飛ばしながら、ヴォーティガンがこちらに向かって駆けてきた。

その肉体には傷一つない。隠しボスだけあって一撃では倒れないだろうと思っていたが、まさかのノーダメージとは驚きだ……！

『我が肉体こそ魔導の粋。あらゆる攻撃を受け付けず、そしてェッ！』

魔導王は地面を強く踏み込む。

チーターのような右足のふくらはぎが何倍にも膨らみ、ゾウのような左足が地面を深く踏み砕く。

『――破壊性・敏捷性《びんしょうせい》においても、貴様ら凡人どもを優に超えるのだァアアッ！』

次の瞬間、ヴォーティガンは一瞬にして俺たちの眼前に現れた。

ゴリラのごとき右腕でヤリーオを殴り飛ばし、無数の触手が生えた左腕でマーリンを薙《な》ぎ払う。

「っ、まずい――っ！」

男二人が吹き飛んでいく刹那の時の中、俺は盾を呼び出さんとした。

自分だけならば食いしばりスキル【執念】で耐えられる。だが、背後には常時ＨＰ１状態で食いしばりスキルもないというアリスがいた。

究極的な攻撃特化の彼女は、一撃でも喰《く》らえば完全にアウトだ。

『我以外の魔導師などいらぬッ！　魔導師の娘よッ、貴様は確実に殺す！』

盾を展開するがしかし、ヴォーティガンは俺の前から掻《か》き消えた。

ヤツは再び一瞬で移動すると、なんとアリスの後ろに現れたのだ。俺がそれを察知した時には、すでに魔導王は魔獣の拳を振りかぶっていた。

「ひっ!?」

アリスの口から短い悲鳴が漏れる。たとえゲーム内だろうが、異形の巨漢に殴られんとする恐怖は幾ばくか。彼女の身体が硬直し、一秒後の死が確実になる。

『死ねェーーーッ！』

そして放たれるヴォーティガンの剛拳。もはや俺にはどうしようもなく、アリスはここで脱落かと思ったが――しかし。

「おうおうおうおうぅぅぅううッ！」

『ぬぅ!?』

奇怪な鳴き声と共に、アリスの姿が一瞬で掻き消えた。

声のするほうを見れば、隠密《おんみつ》系のトップ・クルッテルオが、彼女を背負いながら壁に張り付いていた……！

「おぅ――ってしまった、ついついイタい頃の鳴き癖が出ちゃったわ……。アンタ大丈夫?」

「え、えぇっ、ありがとうねクルッテルオさん！　助かったわ、クルッテルオさんっ！」

「いやその名前連呼しないでよッ!?　実は変えたいと思ってるんだからっ！」

感謝するアリスとワーワー騒ぐクルッテルオ。俺も「ナイスクルッテルオ！」と褒めてやったら、「うるせぇー！」と返された。面白いヤツめ。

『ちぃ、変な女のせいで仕留め損ねたかッ！　だが、次は確実に……っ』

再び踏み込まんとするヴォーティガン。

だがその時、

「オレらを忘れちゃ困るっすよ！　槍術《そうじゅつ》系アーツ発動、『影貫き』！」

「そぉら痺《しび》れちゃいなさいッ！　『サンダー・エンチャント：スーサイドボルト』からの麻痺《まひ》攻撃～☆」

吹き飛ばされた地味派手コンビ、ヤリーオとマーリンが迫る。二人とも全身ボロボロながらも、闘志はまったく折れていなかった。

ヴォーティガンの影を貫くヤリーオの槍《やり》。それによってヤツの動きが鈍り、さらには雷撃を纏《まと》ったマーリンの大鎌により、魔導王の全身がビクンッと痺れる。

肉体には傷こそないものの、デバフや状態異常は通るらしい。

『ぐぉおッ、貴様らァッ!?』

「うおおっ、二人ともめちゃくちゃナイスだぜぇッ！」

本当に頼れる仲間たちだ。どれだけ相手が強かろうが、こいつらがいれば負ける気がしないぜ。

「さぁお前ら、一気にいくぜッ！」

『おうッ！』

予備の槍を構えるヤリーオに、追撃せんとするマーリン。さらにクルッテルオが高速で迫り、俺とアリスは必殺の武装と魔法陣を展開する。

胸の戦意は最高潮だ。準備を終えた俺たちは、ヴォーティガンへと次々に攻撃を仕掛けていったのだった――！

◆◇◆

「はぁ、はぁ、くそ……」

――あれからどれほどの時が経《た》ったか。『魔導王ヴォーティガン』との決戦は熾烈《しれつ》を極めた。

とにかくこの隠しボス、ダメージが通りやがらねえ……！

状態異常攻撃は多少は効くものの、それすら一分と経たずに回復し、耐性まで身に付けちまう。

「なぁマーリン、これは流石《さすが》におかしくないか……？」

激戦の最中、知識自慢のマーリンに問いかける。

彼も違和感に気付いていたらしく、汗を拭いながらヴォーティガンを睨《にら》んだ。

「ええ、おそらくはギミック系のボスでしょうネぇ。何らかの条件をクリアしないと、まともにダメージが入らないって感じの」

『いい加減に死ねぇーーっ！』

容赦なく殴りつけてくるヴォーティガン。

それをどうにか跳ねて避けつつ、俺たちは考察を続ける。

「くっ、ギミック系のボスか……！　そういうのは大概、道中に『ボスの無敵化を解除する仕掛け』みたいなのがありそうなもんだが……」

「アハハ……ボス部屋の扉、閉まってるわねぇ……！　これは詰みってヤツかしらン？」

「って詰んで堪《たま》るかコンチキショーッ！」

猛攻を捌《さば》きながら頭を回す。

まず部屋が閉まっているこの状況。確かに詰みにも思えるが、完全に諦めるにはまだ早い。『ボス部屋の中にボスの無敵化を解除する仕掛けがある』というパターンもあるからな。

それにだ。無敵系のボスを倒す手段は、特殊な仕掛けを動かすこと以外にもある。

「……前に教皇を蒸し焼きにしたみたいに、特定の攻撃だけは効く可能性はないか？」

「あらッ、それは確かにあるわね。あとは『戦闘から一定時間経ったらダメージが入るようになる』とか、『特定の部位のみダメージが入る』とか！」

「なるほど……！」

これまでの魔導王との戦いを振り返ってみる。

まず特定の攻撃だけが効くかどうか。――これは否だ。

五人で様々な攻撃をブチ込んできたし、特に俺は色んな属性の武器を飛ばしまくってきたからな。

それでもどれもヴォーティガンには効かなかったことを考えるに、特定の武器や属性の攻撃でダメージが入る説はナシだ。

そしてマーリンの言った『戦闘から一定時間経ったらダメージが入るようになる』説、『特定の部位のみダメージが入る』説も、可能性は低いと考える。

「バトルからそれなりに時間は経ったし、隙あらばアリスが全身に攻撃をブチ込んでくれてるからなぁ」

黒閃《こくせん》の降り注ぐほうに目を向ければ、天上に張り付いたクルッテルオの背より、アリスが無数の魔法陣をヴォーティガンに向けていた。

俺のアドバイスにより、少し前から二人は合体状態で戦っている。

足は速いけど火力に乏しいクルッテルオと、火力は凄《すさ》まじいが攻撃中はデメリットで歩行できないというアリス。その二人が合わされば最強移動砲台の完成だ。

クルッテルオは壁や天井も走れる分、俺がおんぶしていた時より恐ろしい。

「アリスッ、どこかに当たった時にダメージが入った感はあるか!?」

「全然よ、ユーリさん！　こいつ絶対におかしいわっ！」

私魔力極振りなのにーっと涙目になっているアリスさん。

俺も極振りだからわかるぜ。自分の強みがまったく通じなきゃ、泣きたくもなっちまうよなぁ。

「うし、ともかく方針は決まったな。さっきの三つの説がダメっぽいとなれば……！」

俺はスキル【武装結界】を発動し、ポン太郎たちの宿った武器類を全方位に展開させた。ちょうど、部屋のいろんな場所を狙うようにだ。

その瞬間、ヴォーティガンが両目を見開く。

『ぬぅっ、やめろ貴様!?』

これまでにない反応をする魔導王。一目散に飛びかかってくるが、もう遅いぜッ！

「アーツ発動、『暴龍撃』ッ！」

『キシャシャァアアアアアーーーーーーッ！』

暴龍となって放たれるポン太郎たち。

その内の一本が空席の玉座に襲いかかった時、『おやおやぁ!?』と悲鳴じみた声が上がった。

それと同時に、ヴォーティガンがその場に崩れ落ちる。まるで、糸を切られた人形かのように。

「……なるほど、そういうことだったか」

部屋のどこかにボスの無敵化を解除するスイッチがある。あるいは、ボスの本体がいると踏んでの攻撃だったが……どうやら後者が当たりだったらしい。

土煙の中より、ソイツは透明化を解除しながら現れた。

関節部からキシキシという音を鳴らしながら。

「流石はイタズラ趣味の王様だな。ソレが本体っていうのは、ちょっと予想がつかねーだろ……」

『――キヒヒヒッ、よくぞ見破りましたねぇ!』

楽しげな笑みが道化のメイクによく似合う。

そう。『魔導王ヴォーティガン』の正体は、最初に挨拶をしてきた少女人形だったのだ……!

【絶滅大戦まで】サモナー職総合スレ　３５６【あと二日！】

1. 駆け抜ける冒険者

ここはサモナーの雑談スレです。

新情報・新テクニックを見つけたらみんなで共有していきましょう。愚痴ももちろんＯＫです。

ルールを守って自由に書き込みましょう。パーティ募集、愚痴、アンチ、晒しなどは専用スレでお願いします。

次スレは自動で立ちます。

前スレ：http:// ＊＊＊＊＊＊＊＊＊＊

281. 駆け抜ける冒険者

言っちゃ悪いけどさ、女神サイドのユーリをモロパクリしてる連中ッてどうなのよ？

プライドないっつーかさ。

282. 駆け抜ける冒険者

>>281
人のキャラビルドに文句言うのはマナー違反だろ
それにトッププレイヤーのスタイルは真似されるのがオンゲーの常だってばよ。

283. 駆け抜ける冒険者

>>282
ユーリと違って掲示板に情報流してくれる人もいて、そのおかげでサモナーについて色々とわかったこともあるしな。

たとえばモンスターをテイムできる条件。

当初はソロプレイじゃないと無理って思われてたけど、幸運値さえ高ければそんなこともないらしいな。

290. 駆け抜ける冒険者
>>283
ソロか否かじゃなく、テイムしたいモンスターに対してダメージを与えた割合が重要だそうだな。

サモナー自身がモンスターのＨＰを２割しか削れず、他のパーティーメンバーが残り８割を持っていったなら、幸運値がどれだけ高くてもテイムできなかったとか。

でも逆に８：２くらいの割合だったら、テイムできることもあるらしいなー。

もちろん報告者は幸運値四桁超えのユーリ真似プレイヤーだから、普通のサモナーならソロでやるっきゃないだろうけど。

292. 駆け抜ける冒険者
>>290
テイム率が上がる『サモンテイマー』にジョブ進化すれば、幸運値極振りじゃなくてもパーティープレイで仲間になったって情報もあるぞ！

294. 駆け抜ける冒険者

>>290>>292
うーん、どちらにせよサモナー自身が一番頑張らないといけないんだろ？

ユーリみたいに高レベルボスモンスターを仲間にするのはまだまだ難しいっぽいよな～。

310. 駆け抜ける冒険者

ユーリさん、毎回とんでもない隠しボスとかを仲間にしてくるからそれが楽しみだったりｗｗｗｗ

315. 駆け抜ける冒険者

>>310
ばっきゃろぉお前！

それを相手させられることになる女神側プレイヤーのオレの気持ちになってみろぉおおおおおお!?

第七十七話　衝撃の決着！

『――キヒヒヒヒッ！　どうです皮肉が効いているでしょうッ!?　実はピエロの人形が本体で、王のほうが傀儡《かいらい》だとは～！』

くるくると回りながら上機嫌に笑うヴォーティガン。威圧的だった偽者のほうとはえらい違いだ。

何にせよ、いよいよここからが本番か。俺は周囲に武装を展開させた。

『あぁちなみにこのカワイイ身体《からだ》ですが、魔術の研究成果によって魂の移植に成功しまして～』

「話は死んだ後に聞いてやるッ！　アーツ発動、『暴龍撃』！」

再び使い魔たちを放つ――！

ポン太郎軍団の宿った刀剣は一瞬で龍に姿を変え、真の魔導王に迫る。

だが、

『おぉ～っと、そう来ると思ってましたよ！』

全く焦ることもなく、指先を素早く動かすヴォーティガン。

すると倒れていた偽者の身体が蠢《うごめ》き、超高速でヤツの前へと飛び出した。

腕を広げる偽ヴァーティガン。放たれた『暴龍撃』は全てそいつによって防がれ、刀剣類が地に堕《お》ちる。

「っ～!?　せっかく本体を見破ったのに、無敵なほうの身体も動かせるってアリかよ！　めんどくせぇーボスだなー！」

『キヒヒヒ、すみませんねぇっ！　ヒトの気分を乱すことが趣味でして～っ！』

俺が地団太を踏む様が面白くて堪《たま》らないという様子だ。絶対にコイツ、性格悪いぜ。

『この島での隠遁《いんとん》生活にもウンザリしていたのですよぉ～。アナタがたのような活《い》きのいい獲物が……おっと、愉快なお客様たちが来てくれて、わたくしめってば幸せですぞぉ～！』

「あぁそうかよ。――で、無敵の人形一つで、どうやって俺たち全員を防ぎきるつもりだ？」

次の瞬間、アリスが真ヴァーティガン目掛けて無数の魔術を放った。

当然ながらヤツは指先を操り、偽物の肉体を盾とする。

しかし次はどう防ぐかな？　すでに真ヴァーティガンの両脇からは、マーリンとアリスを降ろしたクルッテルオが飛びかかっていた――！

「いい加減に一発ブン殴らせなさぁぁいッ！☆」

「ピンクオカマにまったく同意ーっ！」

怒りと共に同時に魔導王を襲う二人。

だがヴォーティガンはニッと笑うと、一言短く『来たれ傀儡よ《アデアット》』と唱えた。

すると、

『『ゴァアアァァァアアァァアッ！』』

「「なっ!?」」

虚空に二つの魔法陣が現れ、そこから二体の偽ヴォーティガンが姿を現したのである
……！

マーリンとクルッテルオの攻撃はその無敵の肉体に弾《はじ》かれてしまい、剛腕によって殴り飛ばされる。

『キヒャーハッハァッ！　驚きましたかビックリしましたかぁ!?　操ることができるのは一体だけではないのですよぉ～！』

哄笑を響かせるヴォーティガン。さらにヤツは『来たれ傀儡よ《アデアット》ッ！』『来たれ傀儡よ《アデアット》ッッ！』『来たれ傀儡よ《アデアット》ッッッ！』と、何度も叫び続けた。

その結果、

『さぁ――これよりアナタがたを襲うのは、最硬度魔法鉱石と強靱極《きょうじん》まる魔獣の筋繊維をブレンドしたワタクシ特製魔法人形。それを、十二体ほど相手にしていただきますぅ～！』

……俺たちの目の前に、悪夢のごとき光景ができ上がる。

一体でさえ苦戦した無敵のボスが、投げ売りされるように現れたのだ。

これにはもはや苦笑するしかない。

「ははは……流石《さすが》はドッキリ大好きな王様だな。これには心底驚いたわ」

『キヒーッ、そうでしょうそうでしょう!? あぁ懐かしい。国を追われるまではよく、実験生物たちをいきなり民衆たちに放ったりして、慌てふためき絶望する様を喜んだものですよぉ～！』

指先を手繰るヴォーティガン。それに合わせて無敵の人形たちが一斉に拳を構え、地面が砕けるほどに強く踏み込んだ。

『さぁ、ビックリタイムは終わりました。あとはワクワクの絶望タイムでございます～ッ！　アナタもどうか、可愛《かわい》い絶望顔を見せちゃってくださいなぁ～！』

タクトを振るう指揮者の如《ごと》く、鬼畜極まる魔導王は指先をこちらに向けんとした。

だがその刹那。俺は高らかに指を鳴らし、

「待てよ王様。今度はお前が俺たちの悪戯《いたずら》を喰《く》らう番だぜ？」

『えっ？』

キョトンとした表情を浮かべるヴォーティガン。しかしその顔は、次の瞬間に驚愕《きょうがく》に変わった。

ヤツの背中から胸にかけ、一本の槍《やり》が突き出してきたのだから。

『なぁッ——お前は!?』

「ったく、中身男のゲス人形とかキャラが濃すぎっスよ。このオレと違って、ね」

そこで魔導王はようやく気付く。

自身の背後に、ヤリーオが忍び寄っていたことに——!

「アーツ発動、『隠密《おんみつ》行動』。存在感を薄くして、いざという場合に備えてたっス。引っかかっちゃいましたねぇ王様？」

『ぐぅ、おのっ、れ……!?』

人形を操ってヤリーオを排除せんとする魔導王だが、もう遅いぜ。

俺たちはヤツの動きが止まった瞬間を見逃さなかった。

すでに目の前にまで迫っており、全員で一斉に襲いかかる。

「散々弄んでくれたお返しよぉ～☆　鎌撃《れんげき》系アーツッ、『天葬斬』!」

「アンタみたいなボス二度とごめんよ!　体術系アーツッ、『豪脚烈襲撃』!」

「派手キャラを喰らって地味キャラ卒業じゃァアッ!　槍術《そうじゅつ》系アーツッ、『魂穿《うが》ち』!」

マーリンの一閃《いっせん》がヴォーティガンを袈裟切《けさぎ》りにし、クルッテルオの蹴りが顔面にめり込み、ヤリーオの一突きが胸に大穴を開ける。

絶叫を上げる魔導王。しかしヤツは倒れず、怒りの咆哮《ほうこう》を張り上げた。

『キッ、貴様らァアアアアーーッ!?　この王たるワタクシに何という狼藉《ろうぜき》をォオオッ!』

作り物の顔を歪《ゆが》ませ、ヴォーティガンは周囲に無数の魔法陣を展開させた。

無敵人形たちを召喚したものとは違う。魔法陣の中心からは炎や氷や雷のエネルギーが溢《あふ》れ出ており、大量の魔術を同時に放って俺たちを消し飛ばすつもりらしい。

――だがその刹那。展開された魔法陣の数々を、同数の黒閃《こくせん》が一瞬で焼き払ってしまう。

『なにぃ!?』

「ごめんなさいね、魔導王様。魔術だったら私だって負けないんだから」

振り返れば、魔導書を広げたアリスが力強く微笑《ほほえ》んでいた。

やってくれるな。本当に頼りになる小悪魔様だぜ……！

「さぁユーリさん、トドメをっ！」

「おうよ」

俺は呆然《ぼうぜん》としているヴォーティガンに近づき、その唇へと指を当てた。

ヤツの瞳が困惑に揺らめく。なぜ攻撃せずにこんなことをと、まるで理解できない様子だ。

「さぁーてヴォーティガン。最後のビックリドッキリタイムだ」

『えっ、えっ？　貴様、なにを……!?』

本能的に怯《おび》え始める魔導王だが、もはや逃げるには遅すぎる。

俺は指先をヤツの口内に押し込み、

「お前が絶望しろやオラ――必殺アーツ発動、『滅びの暴走召喚』！」

『むぐぅうううううううう――――――ッ!?』

モンスターを大量に召喚するサモナーの奥義、『滅びの暴走召喚』。

それを体内で行われて耐えられるわけもなく、魔導王ヴォーティガンは驚愕と絶望の叫びを上げながら弾け飛ぶのだった……！

ヴォ「こいつワタクシより鬼畜なんですけど――!?」

第七十八話　隠しボスモンスター、ゲットだぜ！

『コッ……こんなドッキリ、ひどすぎるぅうぅ……！』

「お前が言うなよ鬼畜王」

粉々に砕け散るヴォーティガン。内部から大量のモンスターを溢れさせながら、ヤツは光の粒子となって消え去るのだった。

そして、

・ワールドニューススッ！
ユーリさんとアリスさんとヤリーオさんとマーリンさんとクルッテルオさんのパーティーが、魔導王ヴォーティガンを初討伐しました！　隠しダンジョン：ヴォーティガンの呪い島、最速攻略完了！

「うーしっ、やってやったな！」

ファンファーレと共に、視界上部にメッセージが流れた。

これで終わりみたいだな。『実はドッキリで人形も偽者でした☆』なんて言われたらブチキレてたが、流石のヴォーティガンもそこまで悪趣味じゃなかったみたいだ。

「あ、『暴走召喚』で出てきたモンスターのみんな悪いな。敵の体内に出るとかやっぱ気分悪いか？」

『ウ～ガ～！』

〝出産プレイみたいで楽しいっすよ！〟みたいな鳴き声をあげるモンスターズ。彼らは尻尾をフリフリしながら消えていった。（倫理観以外は）可愛い奴《やつ》らめ。

そんな仲間たちを見送った時だ。俺の目の前に別のメッセージウィンドウが現れる。

・テイム成功！　ＥＸボスモンスター『魔導王ヴォーティガン』が仲間になりました！
※ＥＸボスモンスター分類上は通常のボスモンスターはとても強力です。
分類上は通常のボスモンスターと同じですが、大型モンスターのように一時間に一度しか召喚できず、また召喚持続可能時間は三分までとします。

「お～っ。まさかアイツをテイムできるとは……！」

正直パーティープレイじゃ難しいかなーと思ってたぜ。

コリンと組んで『アトラク・ナクア』を仲間にしたこともあったが、その時はコリンのヤツはボス本体に攻撃できずじまいだったからな。

でも今回はみんなも攻撃しまくってたから無理かもと考えていたが、まさかテイムに成功するとは。

「たぶんトドメにオーバーキルできたのと、何より極振り幸運値のおかげだな。イベント前に強力な仲間ゲットだぜ！」

無敵人形部隊を操るヴォーティガン。敵としてはめんどくさいが、味方としては頼もしい限りだ。

まぁ残虐非道で中身男なのに美少女な変態野郎だが、そこらへんは大正義常識人なユーリくんのオーラパワーで改善させてやるぜ。朱に染まれば赤くなるってな（ことわざ知ってる俺かしこい）。

「イヤ～ン、またアイツと戦わなくちゃいけなくなるわけェ……？☆」

「うん、正直しんどいかなぁ……」

と、そこで。俺のメッセージウィンドウを見たマーリンとアリスが苦笑いを浮かべた。

ああ、二人とも女神側プレイヤーだもんな。こいつら相手に召喚することもあるかもか。

「ははっ、二人ともだいぶ参ってるな。せっかくだし、最後にヴォーティガンの野郎に文句でも言ってくか？」

さっそく俺は「現れろ、ヴォーティガン」と唱えた。

すると目の前に魔法陣が現れ、死にたてホヤホヤの少女人形が姿を現す。

『ぐぎぎぎぎっ……！　あんな方法でぶっ殺した直後に呼び出すとは、なんて鬼畜なマスターでしょうか……！　ヒトの心とかないんです……!?』

おいおいいきなりヘイト発言かよ。

不満げな表情で睨《にら》みつけてくるヴォーティガン。だが俺が正義パワーを指に込めてデコをつつくと、『ひえッ、ごめんなさい!?』と涙目で謝った。

「見たかみんな？　正義パワーがこいつの鬼畜脳に流れ込み、謝罪の言葉を引き出したんだぜ」

「「「いやぁ、鬼畜すぎる殺され方を思い出しただけかと……！」」」

ってなんだよみんな!?　そこは頷《うなず》けよッ！

「アハハ……残虐非道な悪い王様も、極悪極まる魔王様には敵《かな》わないってワケッスね」

「悪は巨悪に呑《の》まれるってことねぇ……」

乾いた笑みを浮かべるヤリーオとクルッテルオ。

って誰が極悪巨悪じゃゴンチクショウッ!?

「はぁ。まぁいいや。今日はなんやかんやで楽しかったからな。ヴォーティガンも、攻略し甲斐《がい》のあるトラップをたくさん用意してくれてサンキューな？」

『ぬぬッ……あくまでヒトが慌てる様を見たかっただけで、別に喜ばせたかったわけじゃ……っ！』

　思わぬ礼に戸惑っているのか、口元をもにょもにょさせるヴォーティガン。

　だがその時だ。急に彼は『あっ』と呟《つぶや》き、作り物の顔を引きつらせ始めた。

『ぉ、思い出したァッ！　すみませんがマスター、どうか召喚を解除してくれませんかねぇ!?』

「は？　いきなりなんでだよ？」

『じ、実は……』

　そして。次にコイツが放った言葉に、俺たちは今日一番驚かされることになる。

『実はこの城には……ワタクシが倒された三分後に、大爆発するドッキリを仕掛けておいたんですよねぇ……！』

「「「「はぁぁあああああ――――っ!?」」」」

　城中にこだまする俺たちの叫び――！

　次の瞬間、けたたましいアラーム音が響き渡り、こんなメッセージが表示された！

・ヴォーティガン城の破壊不可設定を解除！　これより三分後、この城は大爆発を起こします！
巻き込まれたプレイヤーに99999ダメージを与え、あらゆるスキルに関係なく抹殺しますッ！


「にっ、にっ、逃げるぞみんなァァーーーーーーーーーッ！」

こんな結末があるかボケーーーッ!?

かくしてダンジョン踏破の余韻に浸る余裕もなく、俺たちは一目散に逃げだしたのだった。

第七十九話　みんな大好き、ユーリちゃん!!!

――絶滅大戦まであと一日。ネットゲーム史上最大規模のバトルイベントが間近にまで迫っていた。

そんな中。俺とザンソードとスキンヘッドの魔王側プレイヤートップスリーは、ヘルヘイムの街をブラブラと歩きながら「う～ん」と唸《うな》り合っていた。

「二人とも悪いなぁ、俺のスキル選びに付き合わせちゃってさぁ」

両側を歩く二人に軽く詫《わ》びる。

そう。イベント開始までの貴重な時間をどう使うか考えた結果、俺はひとまず『限定スキル』の三番目を選ぶことにした。

限定スキルとは、以前参加した『バトルロイヤル大会』などによって手に入ったイベントポイントを消費して取得できる強力なスキルのことだ。

俺の【武装結界】もそれだったりするな。ちなみにイベントで活躍できなかったプレイヤーと差が開きすぎないように、セットできるのは三つまでとされている。

「後から一つ消して選びなおすこともできるけど、イベントポイントは手に入る機会が少ないからなぁ。だからこれまで選び渋ってたんだよ」

早急に穴埋めしなきゃいけない欠点もなかったしなぁ。

攻撃面は使い魔を進化させたり新しいアーツを取得することで強化したし、防御面は食いしばりスキルの【執念】さんが相変わらず強いし、盾を呼び出しまくることもできるし。

よく考えなくても俺、何にもなかった初期のころに比べたらめちゃくちゃ万能になったよなぁ。

「……けど、明日の絶滅大戦を勝利するには自分の全部を尽くさなきゃだろう？　だからいい加減に限定スキル三つ目を取得しようと思ってさ」

そこで考えついたのが、最強クラスのライバルであるこの二人に決めてもらおうって案だ。

万能ってのはあくまでも俺の主観である。他人から見たらもっと強化すべきポイントはあるかもだからな。

それに今回のイベントでは仲間として戦うわけだし、せっかくだから頼ってみようと思ったわけだ。

「ククッ……良い選択をしたでござるなぁユーリよ。ネトゲーで強くなるには、他者に意見を伺うことも重要でござる。まぁしいて言うなら拙者一人に頼ってほしかったがなッ！」

「ハッ、馬鹿言えやトンチキニート侍。むしろユーリにはオレ様さえいりゃいいんだよ。オメェもう帰れや」

「なんだとこの蛮族ハゲッ!?」

……俺を挟みながら睨み合う二人。今さらだけど、こいつらって仲悪いよなー。なんでだ？

「それで二人とも、スキルを決めてほしいんだが……」

「剣術強化の【豪剣修羅】でいくがいい！」「拳法強化の【剛拳羅刹】でいきやがれ！」

――次の瞬間、男友達二人は「はぁぁぁぁああッ!?」と叫び、いよいよ街中で刀と拳を構え出した。

ってぉいやめてくれぇ!?　俺を中心に殺意をバチバチとぶつけ合うなーッ！

「ど、どうしてこんなことにぃ……？」

道行くプレイヤーたちが「恋のバトルだッ！」「男と男の取り合いだ……！」と意味不明なことを言う中、俺は訳もわからず立ち尽くす。

絶滅大戦まであと一日。魔王サイドは、まさかのトップ勢二人の大喧嘩《おおげんか》が巻き起こらんとしていた……！

「いい加減に決着をつけるッ！　ユーリはこの拙者のォッ！」

「いいやッ、オレ様の宿敵《モノ》だァアアアーーーッ！」

ついに駆け出さんとする二人。そんな彼らをどうにか止めようとした時だった。

突如として俺の背後より「やめたまえッ！」と鋭い一声が響き渡る。

チープな表現だが、カリスマ性に溢《あふ》れた心に突き刺さるような声だ。なんかどっかで聞いたことがあるかもだが、ともかくその声のおかげでザンソードとスキンヘッドはビタリッと止まってくれた。

「おぉ、誰だか知らないけどサンキューな！」

そう言って振り返らんとした時だ。

俺の肩がガッツリと摑《つか》まれ、力強く抱き寄せられて……、

「──ユーリくんはこの、ペンドラゴンだけの宿敵《モノ》だァァアアアーーーッ！」

「ってお前かよぉッ!?」

喧嘩を止めてくれた謎の人物。

それはなんと、敵軍の大将である『暁の女神ペンドラゴン』だった……！

お前こんなところで何してんのぉっ!?

◆　◇　◆

「貴様たちよッ！　ユーリくんを手に入れたくば、私を倒してからにしてもらおうかッ！」

「「はぁぁぁああッ!?」」

それからはもう大変だった。

突如として現れたペンドラゴンは、別にザンソードとスキンヘッドの決闘を止めようなんて思っちゃいなかった。

ただ単に『私を差し置いてユーリくんを取り合うとは何事か』と割って入りたかっただけだったらしい。

そして三人は街中で激突し……、

「――フッ、まさか憲兵NPCに捕まるなんて思わなかったよ」

「いや当たり前だろうが……」

なぜかキメ顔をするペンドラゴンに、俺は呆《あき》れながら突っ込んだ。

現在の場所はヘルヘイムにあるオープンカフェだ。ペンドラゴンと向き合う形で座り、ザンソードとスキンヘッドは俺の背後に立ってヤツを睨みつけている。

「フフフッ、流石《さすが》はユーリくんを支えるツートップだね。その瞳に宿った闘志……キミたちもまた私を殺すに値《あたい》するよ」

「ってカッコいいこと言ってんじゃねーぞペンドラゴン。そこの二人もそうだけど、ヘルヘイム領主の俺の権限があったからすぐに釈放されたんだからな?」

「フッ」

いやフッじゃねーよバカ。いきなり現れていきなり逮捕されるボスキャラがいるかよ……。

俺はお冷をグビグビ飲みながら、改まってペンドラゴンに問いかける。

「それでお前、どうしてこんなところにいるんだよ? ここ、魔王側プレイヤーの本拠地だぞ?」

そう。そしてコイツは女神側のトップだ。完全アウェーもいいところだろうがよ。

現に彼女のことをよく思っていないプレイヤーも多く存在し、道行く者たちがちらほらとペンドラゴンのことを見ていた。

しかし、当の本人はまったく気にしていない様子だ。数々の視線を全て無視し、のんきにミルクティーを飲んでいた。

「なぁに、別にいいじゃないか。ここは縛りなきゲームの世界。たとえどんな地位に就こうが、どこに行って何をするかはプレイヤーの自由なんじゃないかい?」

「むっ……」

そう言われると何も反論できないな……。まぁこいつの場合は自由すぎで、やることなすこと滅茶苦茶《めちゃくちゃ》すぎ感はあるが。

「ここに来た理由は他でもない。私はね、ユーリくん。キミに会いに来たんだよ。本気で殺し合う前に一度、キミとはゆっくり話したくてね」

黄金色の瞳が揺らめく。ペンドラゴンは手を伸ばすと、俺の頬を優しく撫《な》でてきた。

――背後でザンソードが「むんッ!?」となぜか興奮の声を上げ、スキンヘッドに殴られてるのが音だけでわかった。

「ゆっくりと話したくて、ねぇ……？」

「あぁそうとも。最初にキミと出会った時にも言ったけどねぇ、私は頑張っている人間が大好きなんだ」

頬を撫でる手をそのままに、彼女は言葉を続ける。

「努力する人間は素晴らしい。限界を超えようと足掻《あが》く者は、どんな分野であれ応援したくなってしまう。そして――どうしようもなく、挑みたくなってしまう……！」

その瞬間、ペンドラゴンの空気が変わった。

頬に感じる手の感触が、まるで龍の舌なめずりのように思えてしまう。

「っ……そりゃまた妙な性癖だな」

「まぁね。それもこれも、私が多才で天才すぎるせいかなぁ。自分に勝ってくれそうな人間を見つけては、その人が得意な分野で『全力』の勝負を挑み……それで、何人も潰してきたよ」

「へぇ……」

潰してきた、か。

そりゃぁ自分が一番頑張ってることでボロクソに負けたら、心が折れる者もいるだろうな。

「ま、驚きはしねーよ。お前が俺に勝つためにしてきた手を考えたらな。お前が嫌というほど優れている上、徹底的にやりすぎる奴《やつ》ってのは目に見えてたさ」

「ああ……どうしようもない人間だろう、私は？」

自身をそう言うペンドラゴンに、俺は「おうよ」と即答した。

——その上で、彼女の手を摑んで言ってやる。

「お前は本当に最悪で、そして最高なライバルの一人だ。俺のために手を尽くしてくれたこと、改めて礼を言うぜ」

「ッ……！」

怜悧《れいり》な美貌がわずかに崩れる。

俺の言葉に、ペンドラゴンは戸惑った様子だ。やがて彼女は困ったような表情で笑い始めた。

「ククッ……フハッ！　あぁ、本当にキミはおかしな子だねぇ。私の与えた絶望の数々に、折れるどころか喜ぶとか！　ちょっと異常者過ぎないかい？」

「こんな俺のことは嫌いか？」

「いや――大好きだよ、ユーリ。キミこそ理想の宿敵だ」

ペンドラゴンは身を乗り出すと、俺の額にくちづけを落とした。

背後でザンソードが「ほぉおおおおッ!?」と興奮の声を上げ、スキンヘッドに以下省略だ。

「さてと。それならば私も、こんなところで油を売っていてはいけないね。明日に備えてレベル上げでもするとしよう」

ミルクティーを飲み干し、ペンドラゴンは立ち上がった。

「今日は付き合ってくれてありがとう。私ばかりが話して悪かったね」

「別にいいさ。また今度飲もうぜ」

俺も続けて席を立つ。

そして……俺たちは同時に刃を手にし、互いの首に突きつけ合った。

「『魔王ユーリ』よ、キミは久々に出会えた最高の獲物だ。絶対に逃がしはしないからな……！」

「『暁の女神ペンドラゴン』、寝言は寝ながら言うもんだぜ？　獲物になるのはテメェのほうだよ……ッ！」

本気の殺意をぶつけ合う俺たち。

ああ、今日は話せてよかったぜ。おかげで大戦直前に、コイツをぶっ潰したいって想《おも》いを再炎させることができたからな。

「フッ……ではまた明日。くれぐれもその殺意を緩めないようにね」

踵《きびす》を返すペンドラゴン。ヤツは刃を収めると、雑踏の中に消えていった。

「……って、何が殺意を緩めるな、だよ……」

俺は思わず苦笑してしまう。

——彼女の後ろ姿はまるで、殺し合いを控えた戦士というより、明日のデートを楽しみにする少女のように浮ついていたからだ。

ザンソ「キマシタワーッ！」
スキン「お前もう黙ってろ」

第八十話　テンプレ銀髪美少女ボス降臨、アザトースちゃん!!!

――絶滅大戦まで、あと0日。ついに俺はその日を迎えた。

開始直前の昼一時前にログインする。魔王側プレイヤーの本拠地であるヘルヘイムの街は、すでに人の波でごった返していた。

「いよいよ来たって感じだな……！」

やる気と元気は十分だ。打てる手だってバッチリ打った。

俺は「ステータス、オープン」と唱え、最後に自身の状態を確認する。

名前　：ユーリ
レベル　：96
ジョブ　：ハイサモナー
セカンドジョブ　：バトルメイカー
使用武器　：弓　刀剣　大剣　槍《やり》　鎌　盾　呪符
所属ギルド　：『ギルド・オブ・ユーリ』（ギルドマスター）

カルマポイント　：１２７万１１４５（超極悪）
ステータス
筋力：０　防御：０　魔力：０　敏捷《びんしょう》：０　幸運：１０５０×３×２＋１０５＋１２００＝『７６０５』
スキル
ステータスアップ系スキル：【幸運強化】【逆境の覇者：ＨＰ１のため発動状態。全ステータス二倍】
食いしばり系スキル：【執念】
ダメージアップ系スキル：【致命の一撃】【真っ向勝負】【ジェノサイドキリング】【非情なる死神】【アブソリュートゼロ】【異常者】
武器回収系スキル：【ちゃんと使ってッ！】
使い魔補助系スキル：【魔王の眷属《けんぞく》】
その他アバター強化・システム拡張系スキル：【神殺しの拳】【魔弾の射手】【魔王の波動】【魔王の肉体】【悪の王者】【武装結界：限定スキル①】【紅蓮《ぐれん》の魔王】【冒瀆《ぼうとく》の略奪者】【死の商人】【万物の王】【豪剣修羅：限定スキル②】【剛拳羅刹：限定スキル③】
固有能力

【調教】【キマイラ作成】【召喚】【禁断召喚】【巨獣召喚】【生産】【運搬】【転送】【武装百般】

装備

・頭装備『怨天呪装・闇飾り』（作成者：フランソワーズ　改変者：グリム）
装備条件：プレイヤーの筋力値・魔力値・防御値・敏捷値全て半減　ＭＰ＋３００
　幸運＋４００
装備スキル【大天狗《だいてんぐ》の申し子】：天魔流アーツの使用ＭＰを半減する。
限定装備スキル①【六道魔界の後継者】：異世界のアーツ〝修羅道呪法『斬魔の太刀』〟〝餓鬼道呪法『暴食の盾』〟〝獄道呪法『断罪の鎌』〟〝人道呪法『欲望の御手《みて》』〟〝天道呪法『衰弱の矢』〟〝畜生道呪法『禁断の猛火』〟が使用可能となる。※アーツに対応した装備が必要となります。
・体装備『怨天呪装・闇纏《まと》い』（作成者：フランソワーズ　改変者：グリム）
装備条件：プレイヤーの筋力値・魔力値・防御値・敏捷値全て半減　ＭＰ＋３００
　幸運＋４００
限定装備スキル②【騎士王への反逆者】：残りＨＰが30％以下の時、異世界のアーツ〝『業炎解放・煉獄《れんごく》羅刹』〟が使用可能となる。

・足装備『怨天呪装・闇廻《めぐ》り』（作成者：フランソワーズ　改変者：グリム）
装備条件：プレイヤーの筋力値・魔力値・防御値・敏捷値全て半減　ＭＰ＋３００
　幸運＋４００　マーくん憑依《ひょうい》状態
限定装備スキル③【大悪魔の祝福】：残りＨＰが30％以下の時、異世界のスキル〝【憤
怒の意志（調整版）】〟の効果を適用。消費ＭＰが三分の一となる。
・武器　：『初心者の弓（魔鋼改造）』　装備条件なし　威力51　ポン十一郎憑依状態
・装飾品：『呪われし姫君の指輪』（ＨＰを1にする代わり、極低確率でスキル再発動
時間ゼロに）『邪神契約のネックレス』（ＨＰ1の時、幸運値三倍）『耐
毒の指輪』（低確率で毒を無効化）

「――よし。不足は一切ありゃしないな」

いよいよレベルは１００近く。間違いなく、ブレスキ内ではトップ中のトップクラスなはずだ。

アーツだって師匠ＮＰＣのところを巡りまくって覚えまくったからなぁ。あとは女神側にぶつけるだけだ。

「来たかユーリよ、重役出勤だな」

「昨日はよく眠れたかぁ？」

と、そこで。ステータス画面を眺める俺に、ザンソードとスキンヘッドが声をかけてきた。

「よぉお前ら。いよいよ大戦当日だな」

「うむ。差し当たっておぬしに伝えなければならないのだが……」

何やら難しい表情のザンソード。彼はウィンドウを表示させると、俺に見せてきた。

「ブレスキの公式サイトでござる。つい先ほど、こちらにて最終的な女神側プレイヤーと魔王側プレイヤーの総数が発表された」

「ほうほう！」

それは気になるところだぜ。

一体どんな感じになったんだと思いながら、ウィンドウを覗《のぞ》き込むと……、

「――総参加プレイヤー25万。その内17万人が女神側で、魔王側は8万人……か……！」

ははは っ……こりゃまたずいぶん差が付いたもんだなぁ。敵はこちらの倍以上かよ。

だけど。

「上等じゃねえか。全員全部ぶっ潰してやるぜ……！」

やる気いっぱいに拳を打ち鳴らす。

ああ、不安なんて一切ないさ。むしろ敵が多い分、活躍を見せつける機会が多いっても

んだろ？

「ヘヘッ、それでこそオレ様のユーリだぜ。オメェに比べてザンソードの野郎はすぐに暗くなっていけねぇや」

「ぬぬぅっ、なんだと貴様!?　拙者だって臆したわけではないでござるぞッ！」

「そうかぁ〜？」

またもや言い合う二人。ここまで来るとこいつら、逆に仲がいいかもだな。

「お前ら、間違っても今日は殺し合うなよー？」

睨《にら》み合う彼らに、俺が笑いながら注意した——その時。

『——人々よ、よくぞ我が下に集まった！』

不意に、地の奥底より女性の声が響き渡った。

それと同時にヘルヘイムの空が暗雲に包まれていく。周囲のプレイヤーたちが何事かとざわめいた。

『女神と相討ち幾星霜……墳墓に眠りて、どれほどの時が経《た》ったか。あぁ人々よ、本当によく妾《わらわ》の魂を解き放ってくれた』

やがて地面より、黒き粒子が湧き立ち始めた。

それらは天へと昇っていき、徐々に一つに集まっていく。

『そしてこの日ッ！　幾万年の時を経て、再び女神と雌雄を決する時が来た！　さぁ戦士たちよ、妾のために存分に戦うがよいッ！　このっ――』

かくして次瞬。黒き光が、爆発的に輝きを増した。

眩《くら》む視界の中、粒子の数々は女性的なシルエットを描いていき――、

『――この、「魔王アザトース」がお前たちを祝福しよう……ッ！』

ヒトを超えた存在が、天の果てに再臨を果たした。

俺たちの頭上に現れたのは、漆黒のドレスを纏った女性だった。

一目見ただけで人外とわかる。その背中には七枚の黒翼が生え、さらに頭の上には闇色の光輪が輝いていたからだ。

「なるほど……アイツがアザトースか」

そういえば絶滅大戦って、『魔王アザトース』の使徒たちと『女神ユミル』の使徒たちのぶつかり合いって設定だからな。

しかし……だ。本来ならばとても盛り上がるイベント演出のはずなんだが、周囲のプレイヤーたちは微妙な表情をしていた。

というのもあのアザトースさん。髪色が白銀で、目の色は赤色で、しかも目付き悪くて『魔王』という異名を持ってて……それってぶっちゃけ……！

「「「「ま――魔王ユーリのパクリキャラだァァアアアーーーーーッ!?」」」」

『って誰がパクリキャラじゃああああぁぁああッ!?』

プレイヤーたちの発言に、アザトースは降臨早々涙目になるのだった……!

◆◇◆

『――これでいいかッ!? これでパクリじゃないかぁ!?』

涙目でツインテールを作るアザトース。プレイヤーたちに俺のパクリだと言われた件が相当心に来たらしい。

「ははっ……まぁ銀髪赤目なんて、ネトゲーじゃそんなに珍しくないらしいからなぁ」

俺の場合はランダムキャラエディットの結果だが、あえてこの組み合わせをするプレイヤーは多いようだ。アリスなんかもそうだし。

運営もたぶん、『こんな見た目にしとけば外れはしないだろ』とテキトーに設定したのだろう。ヤツらのことだから間違いないぜ。

『くっ……なんという屈辱。ユーリといったな、貴様殺す』

「殺すな殺すな。お前の敵は女神だろうがよ」

恨めしげに睨んでくるアザトース（ツインテール化）に苦笑で返す。

開幕早々、魔王サイドはカオスの極みだな。まぁこういうアホらしくて騒がしい空気は嫌いじゃないぜ。

『よし――では気を取り直して、絶滅大戦の正式なルールを教えよう』

こほんっと咳《せき》ばらいをし、アザトースは説明を始めた。

その内容をまとめるとこんな感じだ。

1：本日に限り、魔王側プレイヤーは『魔王墳墓ユゴス』の設置された土地にログイン。女神側プレイヤーも『女神の霊樹ユグドラシル』の設置された土地にログインすることになる。街から出ることはできず、絶滅大戦まで待機。
2：戦場となるのはブレスキ世界全土。また絶滅大戦開始より、世界中に存在する全てのモブNPC・野良モンスターは一時消失する。
3：勝敗の付け方は単純。片方の陣営を絶滅させたほうの勝利（※倒されたプレイヤーは特殊エリアに転送され、イベント終了まで観戦することしかできなくなる。またイベント開始時以降にログインしたプレイヤーも、本日限りはそのエリアに降り立つ）。

4：大戦開始時より、世界中の端が『死のエリア』に変異。そこにいる限り常時ダメージを受け続ける。また『死のエリア』は、徐々に世界の中心に向けて浸食していく。

そのため、僻地《へきち》に隠れ潜み続けることはできない。


「――なるほど。一つ目のルールがあったから、今日は街がこんなことになっていたのか」

ごった返したヘルヘイムの街を見渡す。きっと女神側の本拠地である『雪原都市ニブルヘイム』も騒がしいことになっているのだろう。

アリスなんかは人混みに酔っちゃいそうだから心配だな。あとコリンもちっちゃいから押し潰されそうだ。

「世界全土が舞台になるのと殲滅《せんめつ》戦ってのは把握済み。ダメージエリアが迫ってくるルールも、公式サイトに書いてあったな」

四つ目のこのルール、バトルロイヤル系のゲームでは定番だと聞く。

ただしどこに向かってダメージエリアが迫るかは、ゲーム開始までランダムなのが常だそうだ。

世界の中心に向かって——ってのも、今日初めて聞いたしな。これは色々と考えねば。

「ともかくルールはわかったぜ。ただ、気になることが一つあるんだが……」

俺は手でメガホンを使って、魔王アザトース様に質問する。

「おーいアザトースー！　んで、お前はどういう役目なんだー!?　一緒に戦ってくれるのかー？」

そう問いかけると、彼女の肩がビクッと跳ねた。

他のプレイヤーたちもそのへんは気になっていたらしく、「超強力お助けキャラみたいなー？」「魔王様のいいとこ見てみたーい！」と声を上げる。

そんな俺たちに対し、アザトースはしばし押し黙った後……、

『じ……実は妾は霊体だから、現世への干渉はできなくて……つまりその……！』

「「「「つまりー？」」」」

『つっ——つまり、妾の役目はおぬしらを応援するだけなのじゃーッ！』

「「「「って使えねぇええええええッ！」」」」

その瞬間、魔王側プレイヤーたちの心が一つになった……！

街に吹き荒れる「使えねぇ！」コール。まさかあんなに仰々しい登場をしておいて、ただのマスコットだとは誰が思ったものか。

人々は口々に「補助魔法くらい使えねーのかよー!?」「アンタただ可愛《かわい》いだけかよー！」

「やっぱオレらの大将はユーリちゃんだわー！」と叫び、そのたびにアザトースの顔が真っ赤になって震えていく。

『うっ、うるさいうるさいうるさいうるさぁいっ！　女神ユミルのほうも同じなんだから、妾ばかり責めるなぁ～！』

いよいよブチキレ始めたアザトース。

いやまぁ激怒してるっていうより、子犬がキャンキャン吠《ほ》えているようなそんな印象しか感じないんだけどな。何とも可愛らしい魔王様だ。

「ははは……癒されはするけど、これじゃあ雰囲気出ないよなぁ」

仕方がないか……。俺は群衆の中から前に出ると、足元に召喚陣を出現させた。

数多《あまた》の視線が一気に集まる。それらを背中で感じながら、俺は虚空に呼びかける。

「現れろ、『バニシング・ファイヤーバード』」

声に呼応し、召喚陣より炎の巨大鳥が姿を現した。

俺の相棒の一人、ボスモンスターのチュン太郎だ。彼はこちらの意思を汲《く》み取り、俺を背に乗せ羽ばたいた。

魔王側のプレイヤーたちの頭上まで飛翔《ひしょう》する。

『な、なんじゃおぬしはっ』

「アンタはちょっと大人しくしてろ」

『は、はい!?』

同じく空にいるアザトースを黙らせ、俺はプレイヤーたちを見渡した。

そして、

「――お前たち、そろそろ気合いを滾《たぎ》らせろ。殺し合いの時は近いぞ」

静かに、重く、呼びかける。

その瞬間、浮ついていた空気が引き締まった。プレイヤーたちの顔付きが変わる。

「さぁお前たち、よく考えてみろ。……敵の戦力は倍以上。そのうえ無数の刺客プレイヤーたちと、俺のスタイルを真似《まね》た集団までいやがる始末だ。普通に考えたら勝てないだろう？」

その言葉に、反論する者はいなかった。

全員わかっているはずだ。俺たちは最初から劣勢であり、勝てる可能性は皆無に等しいと。

だがしかし、

「それでもお前たちは、こうして戦場に集まってくれた……！　劣勢になるのはわかっていたはずなのに……勇気を出して参戦してくれたっ！」

そのことが誇らしくて堪《たま》らない。

有利な軍勢に与《くみ》することなら誰だってできる。だが、不利を承知で戦場に立てるヤツはそうはいない。

俺は心からの尊敬を込めて、8万人の勇者たちを見つめた。

彼らの瞳もまた、己が選択の誇らしさに輝く。

「今回の『絶滅大戦』は、ネットゲーム史上最大規模のイベントだと聞く。戦いの様子は動画サイトで生配信されるそうだ。

視聴者たちは思っているだろうよ。これで魔王側が勝ったなら、そいつはきっと奇跡だと」

——ならばこそッ！

「起こしてやるぜっ、奇跡ってやつを！　魅せてやろうぜ、俺たちが勝つ瞬間をッ！

ネットゲーム界の歴史に、新しい伝説を刻んでやろうやァァァーーーーッ！」

「「「「オォオオオオオオオオオオオオオーーーーーーーーーーーーッ！！！」」」」

一斉に吼《ほ》える大軍勢——！

その咆哮《ほうこう》は大地を揺らし、空気を熱く染め上げる。

よーし、みんな気合いは十分みたいだなッ！　俺は最後に『わ、わらわ、忘れられてる……？』と呟《つぶや》くアザトースに向き直り、ビッと親指を突き出した。

『ふぇ……？』

「ふぇじゃねーっつの。そらアザトース、場は温めてやったぜ？」

深紅の瞳と目を合わせる。

たとえこいつがＮＰＣで、設定だけの魔王様だろうが、それでも『王』ならやるべきことがあるだろうがよ。

「……この戦いは、アンタが女神とおっぱじめたものなんだろう？　だったら手下に舐《な》められんなよ。無力だろうが堂々としろ。そして開戦の号令は、お前自身で吼え叫べ」

『おぬしっ……。ぅ……うむッ！』

俺の言葉に、アザトースもまた表情を改めた。

彼女は黒き翼を広げ、覇気ある声を響かせる。

『──魔の使徒たちよ。決戦の時はやってきた！　血に飢え牙剝《む》く獣がごとく、その手に殺意の武装を握れッ！』

ウオォオオオッ！　という叫びがヘルヘイムにこだまする。

得物を掲げるプレイヤーたち。その全員の武装は今や、黒き鋼を表面に纏《まと》わせていた。ところどころに入った血のように赤い魔力のラインが禍々《まがまが》しい。アレこそ魔王側プレイヤーの証《あかし》、『魔鋼武装』の数々だ。

もちろん俺も全ての武装を改造してもらったぜ（※百本以上あるので、生産職部隊が死にかけた）。

「さぁアザトース、もう待ちきれねーよ。どうか最後の言葉を頼む」

胸を高鳴らせる俺に、彼女は力強く頷《うなず》いた。
そして腕を掲げると……、

『よろしい。ではこれよりッ――「絶滅大戦ラグナロク」を開始するッ！』

ついに放たれた開戦の号令。
かくしてここに、史上最大の大激戦が幕を開けたのだった――！

第八十一話　開戦、『絶滅大戦ラグナロク』

「行くぞお前たちッ！」

『ウォオオオオオオオオオーーーーーーーーーッ！』

　８万人のプレイヤーを率い、戦場目掛けて駆けだした――！

　無人の荒野をひたすら走る。全ての魔物が消えたことで、俺たちの足を止められる者は誰もいない。

「何としてでも『始まりの街』を押さえるぞ。マップによると、あの場所こそが世界の中心部なんだからな」

　元よりこちらは寡兵《かへい》の軍勢。倍以上の敵を討ち取るには、ポジション取りが重要となる。

　そこで狙うのが『始まりの街』の占拠だ。

「あそこさえ獲れば、世界の中心に向かって進む〝『死のエリア』の浸食〟を気にする必要はなくなるからな」

　そのメリットは大きい。こちらは気負いなく戦えるようになる上、逆に敵軍は背後から迫る壁に追い詰められることになるからだ。

　つまりは疑似的な挟み撃ちが完成するってわけだな。

「まぁ、おそらくは敵も同じようなことを考えるだろうがな。となると本格的に戦闘が始まるのは、街の中心にたどり着いてからか」

色々と手は打ってきたが、さてどうなるか。

ともかくまだまだ走る必要がありそうだな。

――かくして俺が、そんなことを考えていた時だ。前へ前へと進むたびに、妙なシルエットが視界に映り始めた。

「っ……アレ、は……？」

この地点より遥《はる》か先。ちょうど、俺たちが目指している『始まりの街』のあたりに、真《ま》っ直《す》ぐに伸びる光の柱が見えてきた。

それに気付いた周囲のプレイヤーも息を呑《の》む。直接見たものは限られているが、俺たちは〝アレ〟に対して心あたりがあった。全員の表情に緊張が走る。

「おいおいおい……まさか……！」

さらに足を進めていく。

そうしていよいよ街が遠目に見える場所まで来た瞬間、疑念は確信へと変わった。

もはや間近に迫るまでもない。光の柱の正体がわかってしまった。

――『始まりの街』から伸びる〝アレ〟は、柱などではなく……！

「『女神の霊樹ユグドラシル』。雪原都市にあったはずの、女神側の本拠地のシンボルじゃねーか……！」

どうしてソレがあそこにあるのか……いや、そんな疑問を考えている場合じゃない！

「全員止まれ！　もしもすでに街を占拠されているとしたらっ」

不用意に近づくのは拙《まず》い――そう叫ぼうとした時、彼方《かなた》に無数の閃光《せんこう》が瞬く！

「ッ、現れろ盾よ！　お前たちも身を庇《かば》えぇぇえええええーーーーーーッ！」

『ツッッ!?』

咄嗟《とっさ》に反応する魔王軍。防御系アーツを使う者や武器を盾にする者、あるいは訳がわからず立ち尽くす者など、それぞれが行動に移った刹那。何千もの長距離攻撃魔法が、俺たち目掛けて降り注いだ。

「くっ……これは……！」

ガガガガガァァァァァァッ！　という音が総軍全域に広がっていく。

炎が、水が、風が、雷が。そして何より熾烈《しれつ》極まる『闇』の魔法が、俺たちの武器や鎧《よろい》を削り取っていく音だ。

放たれ続ける死の豪雨。レベルの低い者や防御に失敗した者が死んでいく中、光の向こうに俺は見た。

「――ペンドラゴンに負けず、容赦がないな……！」

街を取り囲む壁の上。背後に魔法使いの部隊を侍《はべ》らせ、堂々と立つ悪魔を睨《にら》む。

距離があろうが見間違えるわけがない。あのひときわ小柄な少女こそ、VR世界最古の強者『逆鱗《げきりん》の女王アリス』に違いなかった。

彼女を認識した瞬間、不意に耳元に電子音が響いた。視界の端に、『フレンドのアリスさんより映像通信の要望が来ました』と表示される。

「……そういえば呪い島での別れ際、フレンド登録したんだったな」

黒き閃光を防ぎながら思い返す。あの日の冒険は本当に楽しかったと。

俺は複数の盾を展開しつつ、通信の要望に「許可する」と答えた。

すると小さなウィンドウが現れ、魔導書を広げたアリスの姿が映り込む。

『こんにちは、ユーリさん。さっそくだけどピンチみたいね？』

「……あぁ、こんにちはだアリス。さっそくやってくれるじゃねぇか」

阿鼻叫喚《あびきょうかん》の地獄の中で、その作り手と言葉を交わす。

この状況下で、彼女が俺に……『敵』に対して通信を飛ばしてきた理由。そんなのはもう目に見えている。

アリスは小さなウィンドウの中、幼い美貌に邪悪な笑みを張り付けた。

『――勝利宣告をしに来たわ。アナタはこのまま、私が嬲《なぶ》り殺してあげる……ッ！』

第八十二話 VS『逆鱗の女王アリス』

『冥途の土産に教えてあげるわ。女神の霊樹が「始まりの街」に移っているのは、ペンドラゴンの策よ』

死の雨が降り注ぐ中、アリスは語る。

『ダメージエリアが徐々に迫ってくるルール。アレ自体は、公式サイトにも記載していたわよね？』

「ああ。どこに向かって迫っていくかは、『魔王アザトース』の発表で初めて知ったけどな」

そこは仕方がない。バトルロイヤル系のゲームにありがちなエリア縮小システムは、ゲーム開始までどこが中心になるかわからないのが基本だ。

それさえ把握できていたなら、俺だって最初からソコに拠点を移していたさ。

「……まさかペンドラゴンは、『始まりの街』が中心部になるとわかっていたとでも？」

『いいえ。流石《さすが》の彼女もそこまで万能じゃないわ。ただあの人は単純に、〝相手がどこに進軍しようが、最速で兵を出せる場所に付こう〟って、そう考えただけよ。それでたまたま世界の中心に陣取ったの』

たまたま、か。それはつまり……。

『彼女がとても幸運で——逆にアナタは不幸だったということね』

言葉と共に、魔法使いたちの攻撃がさらに苛烈さを増した。力なきプレイヤーたちが次々に倒れていく。

「ははっ……不幸か」

この世で一番嫌いな言葉だな。

俺はソイツが嫌になり、この電子の世界に逃げ込んできたほどだ。まさかここまで追ってくるとは。

『どうか気を落とさず、元気に死んでねユーリさん』

無慈悲な女王は言い放つ。〝『始まりの街』が女神側に押さえられているのを知らなかったこと。それ自体は仕方がないわ〟と。

『大戦開始の11分前……すでにログイン済みのプレイヤーたちは、1分間の猶予を置いてそれぞれの本拠地に転移することになったのだけど、そこで急にペンドラゴンが実行した策だからね』

「なるほどな」

開始直前に『魔王』と『女神』のイベント演出を見せるためか、ブレスキのサイトにも〝イベント時刻の10分前には、それぞれの本拠地にプレイヤーを召集。以降の本拠地変更は認められない〟と記載されていた。

ペンドラゴンはそのわずかな間に策を捻《ね》じ込んできたわけだ。本当に徹底したライバルだよ。

『以上、ネタバレはおしまいよ。……それにしてもユーリさん、ずいぶんと落ち着いているのね？』

不意にアリスが眉根を顰《ひそ》めた。大打撃を与え続けている状況なのに、冷静に話を聞く俺に違和感を覚えたらしい。

『まさかアナタに限って、あっさりと敗北を認めるわけが……』

「――そろそろか」

と、そこで。アリスが不審がるのを尻目に、俺は魔法爆撃の勢いがわずかに陰ったのを察知した。

そうなるのも当然だ。一般的な魔法の射程は、十メートル程度とされている。もっと遠くの相手を攻撃するには、特大のＭＰ消費や再発動まで時間を要するような上級魔法を使うしかない。

まぁそれでも届く距離は限られているだろう。射程距離を伸ばすために、補助呪文使いたちも働きまくっているはずだ。

『あら……まさかユーリさん、いつかは攻撃が止まると思っているの？　私たちも馬鹿じゃないわ！　何グループかで順番に撃ったり、別の遠距離攻撃魔法に変えて絶え間なくっ』

「それでも、勢いはばらつくだろう？」

『っ……』

俺の言葉にアリスが詰まった。

攻撃自体は続けられても、最大火力をずっと保てるわけがない。

プレイヤーにはレベル差というものが存在し、魔法の威力も種類によって変わってくる。

――彼女たちは間違いなく、もっともダメージを与えられる初撃で、最高レベルのプレイヤーたちに最高威力の魔法を撃たせたはずだ。

ゆえに必ず存在するのだ。攻撃の波というものが。

「お前が俺に『不幸だ』と言った瞬間、攻撃が苛烈になるのを感じた。おそらくあそこで初撃の部隊を使ったんだろう。そこからはわずかに勢いが減ったからな」

最高威力の攻撃部隊はただいまお休み中ってわけだ。

そう指摘する俺に、アリスは『……それがどうしたというの』と呟《つぶや》く。

『たしかにアナタの指摘通りよ。でも、個々の威力が多少減ろうが、千人規模の魔法攻撃であることには変わりないわ。

まさかそれらを浴びながら、街に向かって突っ切るつもり!?』

「いやいや無理だろ」

流石の俺でも塵《ちり》になるわ。

まぁ必殺アーツ『滅びの暴走召喚』でモンスターたちを盾にしたり、魔法攻撃を吸収するアーツ『暴食の盾』を使いながら行けばわからないがな。

しかし前者は一時間に一度しか使えず、後者もずっと展開できるわけではない。ゆえにどちらも使い時は考えなければいけないし——そもそも今はいらないだろう。

「無理せず突っ込む必要はないさ。なぜならば、手はすでに打ってあるからなぁ……ッ！」

『えっ——？』

その瞬間、狂気の叫びが巻き起こる。轟音《ごうおん》を立てて地面が揺らぐ。

『はっ、えっえッ!?』

アリスが堪《たま》らずたじろいだ。他の敵軍も混乱に陥り、叫び声のしたほうを——自分たちの背後を振り返る。

そう。異変の個所《かしょ》は、世界の中心。彼らが押さえた『始まりの街』に他ならない。

さぁ、今こそ——！

「存ッ分に獲物を喰《く》らいやがれぇッ！『禁断邪龍クトゥルフ・レプリカ』ーーーーッ！」

『ギギャァアアアアアーーーーーーーーーーッ！！！』

天に轟《とどろ》く魔性の咆哮《ほうこう》。女神の霊樹を背景に、異形の龍が触手を伸ばして地より出《い》ずる。

地脈憑依《ひょうい》型ボスモンスター『禁断邪龍クトゥルフ・レプリカ』。

俺の最狂の使い魔が、敵陣の中に降臨を果たした……！

「やれ」

『ギッッシャァアアアアァァァアアアアーーーーーー！』

かくして蹂躙《じゅうりん》が始まった。クトゥルフは狂気の叫びを上げると、敵の軍勢に向かって巨大な触手を振り上げた。

「あ、あれってユーリの使い魔じゃッ!?」

「なんで『始まりの街』にいるんだよぉおおーーーっ!?」

突然の出来事に魔法使いたちはパニック状態だ。

俺たちから標的を変え、クトゥルフ目掛けて魔法を撃ちまくる――が、

『ギッッッ……ギギャシャァアアアァァアアアッッッ！』

禁断邪龍は倒れない。全身から体液をブチ撒《ま》けながらも、怯《ひる》まず魔法使いたちを襲う。

乱杭歯《らんぐいば》の生えた触手を振り回し、人々を喰らい、潰し、薙《な》ぎ払っていく。

その光景にウィンドウの中のアリスが焦る。

『なっ、これはどういうことなのッ!?　あのモンスターはたしか、決められた土地にしか召喚できないはずじゃ……ヘルヘイムの街を守ってたんじゃ……っ！』

「なぁに、ペンドラゴンと同じだよ。『始まりの街』の一画を買い、そこにあいつを憑依させていたんだ」

『なんですって……!?』

俺が無策なわけがないだろ。色々と手は打たせてもらったさ。

「もちろん俺も『始まりの街』が中心地になるなんて思っていなかった。〝どうせ相手はヘルヘイムの街にはクトゥルフがいると思い、近づいてこないだろう。ならばこっそり場所を移そう〟……と考え、トラップみたいにアイツを仕込んでおいたわけだ」

その結果、

「お前たちは偶然にもッ、クトゥルフの潜んだ土地を本拠地にしちまったってわけだッ！『不幸』なのはそっちだったみたいだなぁッ!?」

『くぅぅっ……！』

小さな拳を握るアリス。その間にもクトゥルフは暴れまわり、魔法使いたちを喰らっていく。

あぁいいぜクーちゃん。お前が一撃で死ぬことがないよう、火力の高い魔法部隊が引っ込むタイミングを待っていたんだ。

ゆえに暴れろ。命の限り殺し続けろ。

『ギギャガァアァーーーーッ！』

クーちゃん目掛けて魔法が撃たれた。クーちゃん目掛けて、足元より女神側の剣士たちが斬りかかった。クーちゃん目掛けて、敵の使い魔たちが喰らい付いた。

——しかしそれでも倒れない。どれだけ傷を負いながらも、俺の使い魔は戦い続ける。


さぁ、今が好機だ。反撃の時はやってきた。


「行くぞ魔王軍ッ、突撃だァァアーーーーーッ！」

『ウォオオオオオオオオオーーーーーーーーーーーッ！』

掛け声と共に一気に駆け出す。

クーちゃんの頑張りは無駄にしない。まばらとなった魔法攻撃を掻《か》い潜《くぐ》り、前へ、前へ、前へ前へ、前へ。

数百メートルの距離を、瞬く間に縮めていく。

「ユーリさん……！」

やがて、通信機能はお払い箱となった。

今の距離ならよく見える。高い壁の上で、冷や汗を流しているアリスの顔が。

彼女に向かってさらに迫る。

「アナタはとても怖い人ね。敵に回したら、何をしてくるかわからない」

こちらを睨《にら》むアリスに対し、傷だらけのクトゥルフが触手を伸ばした。

しかし。小さき悪魔は振り返ることもなく、後ろ手から特大の破壊光を放った。

邪龍の身体《からだ》に大穴が開き、ついに彼は大地に沈む。

「……お疲れクーちゃん、よく頑張ったな。——そして、よくもやってくれたなアリス。今からお前をブッ殺す！」

「上等よ、来なさいユーリッ！」

俺は走る勢いをそのままに、アリス目掛けて一気に跳ねた。

装備に宿ったボスモンスター『マジェスティー・オブ・ニトクリス』ことマーくんの補正により、十メートル近く飛び上がる。

これでいよいよアリスは間近だ。されど彼女も、黙って俺を近づけるわけがなかった。

「『——我は堕天せし闇の支配者。昏《くら》く冷たき地獄の底より、星の終わりを望む者なり』」

凛《りん》と紡がれる殺害詠唱。次の瞬間、極大の魔法陣がアリスの頭上に現れた。

「『さぁ愚者たちよ、赫怒《かくど》の光に焼き尽くされよォッ！』」

邪悪極まる光が集う。

雷の如《ごと》く魔法陣にエネルギーが奔《はし》り、中心部へと収束していく。

ああ、計らずともわかる。次に放たれる攻撃は、俺を一撃で消し去れるモノだと。

肉体全てが塵になったら、食いしばりスキルも意味がない。

「墜《お》ちなさいユーリッ！　最上級暗黒呪文――『スターブレイク・ジャッジメント』！」

そしてついに、究極の破壊光が放たれんとした――その時、

「特殊行動アーツ発動ッ、『虚空蹴り』！」

俺は空気を足場とし、膝を折り曲げ踏み締めた。

特殊行動アーツ『虚空蹴り』。師匠巡りの中で修めた技の一つであり、瞬間的に空《くう》を捉えることが可能になるのだ。つまりは二段ジャンプができるようになる技である。

だがまだだ。俺はマーくんに友情テレパシーを送り、『瞬動』の発動を命じた――！

「名付けてッ、虚空瞬動ってなぁッ！」

「はっ、あぁあぁぁぁぁあーーー!?」

かくして勝負は決着する。

全ては刹那の出来事だった。破壊の光が全てを呑《の》み込む一瞬前に、俺はアリスの眼前に接近。

すれ違いざまに手刀を伸ばし、胴へと叩《たた》き込んだのだった。

「かッ、は……」

小さな悪魔が、どさりとその場に頽《くずお》れる。

ただ一撃で十分だった。なぜなら彼女もまた極振り……俺と同じく、多くを捨てて一つを極めた尊敬すべきプレイヤーだ。

たったの〝1〟のＨＰが散り、彼女の身体が粒子となる。

この世界で死亡した証拠だ。

「あは、は……そんな手があるなんて、やられたわ。私の負け……ね。でも」

――次は負けないから、と。

最期の力を振り絞り、アリスは俺に言い放った。逆襲に燃える赤い瞳が美しい。

そんな彼女に言葉を返す。

「何度でも来い、勝つのは俺だ」

次も次も次も次も、絶対に俺は負けはしない。

そう告げた瞬間、アリスは「ホントに怖くて強い子ねぇ」と苦笑し、光となって消えるのだった。

第八十三話　災禍氾濫

「さぁ魔王軍ッ、街を奪うぞ！」

『オォオオオオーーーーーーッ！』

魔法使い部隊を排除した俺たちは、『始まりの街』に雪崩《なだ》れ込んだ。

内部は惨憺《さんたん》たる有り様だ。いくつもの建物が崩れ、多くの者が下敷きになっているのが見えた。

クトゥルフが死ぬまで暴れてくれたおかげだな。魔法使い以外の女神側プレイヤーたちも大打撃を受けたようだ。

しかし、

「──数ならばこちらが上だッ！　怯まず応戦せよォオオーーッ！」

『ウオオオオオオーーーーッ！』

それでもまだまだ多勢に無勢。

敵軍のほうが未《いま》だに多く、無事な者たちが一気に押し寄せてきた。その中には当然、量産型の俺と思《おぼ》しき者やザンソードのコピープレイヤーも紛れている。

あと何人か頭をツルツルにした格闘家らしき者もいた。たぶんスキンヘッドのコピーだと思うが、髪型まで真似《まね》る必要はねーだろ……。

「ともかくここは、切り札の使い時だな」

　こちらの軍に余裕はない。アリスたちの攻撃を受け、数えきれないほどの者が命を落としたからな。まともにぶつかったら今度こそ全滅だ。

　ゆえに、ジョーカーの一つを切らせてもらうぜ。俺は敵軍に飛びかかると、奴《やつ》らに向かって手を突き出した。そこから巨大な召喚陣を出現させる。

「クトゥルフの次はこいつだ。【巨獣召喚】！　産声を上げろ、『死滅凱虫《がいちゅう》アトラク・ナクア』ーーーッ！」

　かくして次なる怪異が顕《あら》わる。

　俺の呼び声に応え、漆黒の超巨大蜘蛛《ぐも》が召喚陣より出現を果たした。

　――なおその場所は、敵勢力の頭の上だ。

「うっうわあああああああ!?」

　ズシィイーーーーッ！　という音が街に響く。

　それと同時に舞い散る鮮血。アトラク・ナクアことアーちゃんに潰され、多くの敵兵が押し花となった。

　だがまだだ。アーちゃんの真価はここからだ。

『ギシャァアアアアアアーーーーッ！』

叫びと共に身を震わせるアーちゃん。

すると、全身に生えた体毛が……否、黒き鎧《よろい》のボスモンスター『アーマーナイト』が次々と湧き出していった。

体液を纏《まと》いながら地上に降り立つ魔の軍勢。一瞬にして千人規模の大隊が出現を果たす。

そしてッ、

『アーツ発動ォッ！「邪剣招来」ッ！』

『キシャァアアアーーーーーーーーーッ！！！』

まだまだ脅威は終わらない。

何千体もの鎧騎士が、さらに何千体もの武器の悪霊『リビング・ウェポン』を召喚させたのだった……！

圧倒的なる軍勢形成能力。これがアーちゃんの恐ろしさだ。生み出された大勢力は女神側へと襲い掛かり、阿鼻叫喚《あびきょうかん》の地獄を作り上げていく。

「あっ、慌てるな！　あのデカ蜘蛛はともかく、他は序盤のモンスターだっ！」

「低レベルプレイヤーは後ろに下がれ！　アレに呑まれたら終わりだぞっ!?」

「本体のデカ蜘蛛が消えるまで耐えきるんだっ」

大襲撃に抗《あらが》う敵プレイヤーたち。

滅多刺しにされて死ぬ者も多いが、冷静に対処できている者も多かった。アーちゃんの脅威は一度、ペンドラゴンとの見せ札合戦で披露したからだろう。

十秒間耐えればいい。【巨獣召喚】で呼び出された魔物は十秒で消えるのだからと鼓舞《こぶ》し合い、必死に猛攻を凌《しの》いでいた。

――だけど悪いな。

「その希望を打ち砕いてやるよ。出番だッ、テイマー部隊ッ！」

『オォオオーーッ！』

呼び声に応え、モンスターを従えた者たちが前に出る。

彼らのジョブは『サモンテイマー』。サモナーが25レベルになった際に進化できる派生職だ。

その能力はテイム特化。魔物を仲間にできる確率が増え、また魔物の強化や回復も得意としている。

「俺が選んだ『ハイサモナー』とは対を成すジョブだな。これまでは目立ってこなかったが……」

そんな者たちが姿を見せた瞬間、敵兵の一部が顔を青ざめさせた。

「しっ、知ってるぞ！　あいつらの必殺アーツって、たしか!?」

「全力で奴らをぶっ殺せぇええええーーーーーっ！」

テイマー部隊を襲わんとするが、黒き鎧と刃の群れが彼らの足を食い止める。

さぁお膳立ては整った。敵の魔法使いたちは死滅し、弓兵らの矢は一度に多くを攻撃できない。テイマー部隊を邪魔する者は何もない。

巨大蜘蛛『アトラク・ナクア』の召喚から十秒近く。消え去り始めたアーちゃんに向かい、彼らは一斉に魔力を放出した。

『必殺アーツ発動ッ、「絆《きずな》の革命契約」――！』

その瞬間、アーちゃんの存在が新生を果たす。

霧散しかけていた肉体が、再び輪郭を取り戻したのだ。

これが彼らの必殺アーツだ。その効果は、巨大モンスターの存在時間を三秒だけ伸ばすというもの。

一聞すれば大変地味な必殺アーツである。しかもハイサモナーの『滅びの暴走召喚』と同じく、こんな効果で一時間に一度しか使えないのだ。

そもそもからして巨大モンスターのテイムも難しく、ゆえに産廃アーツと思われてきたのだが――、

「この技の対象は『テイムされた巨大モンスター』。つまりは自分以外の使い魔にだって使えるんだよ。さらにッ、効果の重複制限は一切なしだ！」

『ギシャァアアアアアアアッ！』

蜘蛛の怪異が歓喜の叫びを張り上げる。

まさに契約の革命だ。十秒までしか存在できないという縛りから放たれ、十五秒、二十秒、三十秒、一分と、アーちゃんは好き放題に黒鎧を生み出しまくる。

それでもまだまだ消えはしない。数十名の『サモンテイマー』から支援を受けたことで、三分以上はこの世に留《とど》まり続けるだろう。

「所詮は三分。カップラーメンができるまでの時間だ。だが、俺のアーちゃんの三分はデカいぜ？」

――その間に、何十万匹の使い魔が生まれるだろうなぁ？

そう問いかけた瞬間、敵軍の心が粉々に砕ける音が響いた……！

運営「サーバー落ちるッ！　サーバー落ちるッッッ！」

◆

◇

◆

「暴れろアーちゃん、お前がゲームを終わらせちまえ」

『ギシャァァアアアアーッ！』

巨大女王蜘蛛『アトラク・ナクア』の暴虐は続いた。

黒騎士たちを生み出し続け、『始まりの街』を埋め尽くしていく。

さらには自身も八本の足で女神側プレイヤーを潰し回り、興奮の叫びを張り上げていた（お前性格やばいな）。

「今がチャンスだ、俺たちも続くぞ！」

『ウォオオオオオオオーーーーーーッ！』

これを逃す俺たちではない。

ここぞとばかりに猛攻を仕掛け、次々と敵を討ち倒していく。

相手からしたら悪夢の時間だろう。激流のごとく押し寄せてくる使い魔たちに圧倒され、低レベルの者は瞬く間に死亡。またレベルの高い者も多勢に無勢だ。アーマーナイトを切り払っている内に疲弊し、魔王側のプレイヤーに隙を突かれて死んでいった。

「こっちにとってはボーナスタイムだ。俺も暴れさせてもらうぜぇ！」

ギリギリの戦いも好きだが、一方的に嬲《なぶ》るのも大好きだ。

俺は爆殺武装を展開すると、容赦なく敵プレイヤーどもに射出した。

着弾と同時に膨らむ肉体。体内で巻き起こる大爆発。血肉の花火が盛大に咲き、屍《し》山血《ざんけつ》河《が》を作り上げる。憩《いこ》いの街が血濡《ちぬ》れた廃墟《はいきょ》に変貌していく。

「あははっ、楽しくなってきたなぁオイ！」

思わず興奮で笑ってしまう。鍛え上げた力を存分に振るうのは最高に気持ちいいぜ。

アーちゃんが消えるまで残り幾ばくか。この調子で虐殺しまくってやるぜ～ガハハッ！

――だがその時だ。「アンタ性格やばいわね」という失礼な一言と共に、ドゴォオオオ
オオーーーーンッという轟音《ごうおん》が響いた。

音のしたほうを見れば、アーちゃんの頭部がクレーターのごとく圧《お》し潰されていた。

さらに、

「隙ありですよ、ユーリさん」

「ッ!?」

背中を誰かによって刺される。

苦痛に呻《うめ》いたのも数瞬。俺は瞬時に剣を握り、背後に向かって振りかぶった。

しかし――その時にはもう誰もおらず。俺の斬撃は空を切り裂くだけとなる。

・クリティカルヒット！　使い魔『アトラク・ナクア』が死亡しました。
・状態異常！　スキル【魔王の肉体】【逆境の覇者】【悪の王者】が封印されました。

「……くそっ、やってくれるじゃねえか」

目の前に表示される二つのメッセージ。

それを尻目に、こちらに歩み寄る二人を睨《にら》んだ。

ああ――声の時点でだいたい誰かはわかったさ。お前たちとはそこそこ付き合い長いからなぁ。

「今度はお前らが相手か。シル、コリン」

名を告げる俺に、二人の少女が武器を構える。

「ええ、これからアンタを」

「ぶっ殺します」

アリスに続く対戦相手。それは、これまで何度か共に戦ってきた、俺の戦友コンビだった……！

第八十四話　vs『挑戦者シル&コリン』！

「お前ら仲良かったんだな、シルコリン」

「「まとめて呼ぶなーっ！」」

同時に吼《ほ》える少女コンビ。その反応につい笑ってしまうが、彼女らの実力はまったく笑えるものではなかった。

まずアーちゃんを一撃死させたシル。これは正直やばすぎる。

急所に決まったとはいえ、一体どれだけの威力で攻撃したというのか。間違いなく彼女は俺の知らない力を手にしていた。

そして『霊剣フツノミタマ』によりスキルを封印しやがったコリン。あの短剣の厄介さは相変わらずだが、注目すべきは彼女の離脱速度だ。

一体どれだけ速さを極めたというのか。瞬時に振り向いたはずが、その時にはもう影も形もなくなっていた。

「見ない間にすくすく成長しやがって……！」

技を温存する余裕はなさそうだ。

俺は気を引き締めると、油断なく彼女たちに向き合った。

「久しぶりねぇ魔王様。アタシとしては、一人でアンタに挑みたかったんだけどねぇ……」

「それはこっちのセリフですよ。今からでも引っ込んでもらえます?」

……なぜか睨み合いをおっぱじめる二人。

ってお前ら、仲間なんじゃないのかよ? 訝《いぶか》しむ俺にシルが答える。

「チッ……見ての通り、この雑魚ネコと組むことになったのは成り行きよ。どっちが先にアンタに挑むか、殺し合いで決めることになってね……」

「それで相打ちしちゃったんですよねぇ。ゲスビッチにしてやられましたよ」

「はぁぁあぁあッ!? ゲスビッチは言いすぎでしょっ! テメェ死ね!」

「お前が死ねー!」

いよいよ武器を向け合う謎コンビ。演技とかじゃなく、二人とも本気でお互いに殺意を燃やしている感じだった。

「いや、お前ら本当になんなわけ……?」

思わず困惑してしまうが、ともかく今は大戦の最中だ。敵の仲間割れはむしろ好機。

俺は武装を展開すると、容赦なく二人に射出した。

――だが、

「来たわよ」

「はいはい」

轟剣一閃《ごうけんいっせん》。シルは片手で大剣を振り、地面を斜めに斬り裂いた。

それによって大地が弾《はじ》ける。一体どんな筋力値なのか、切り払った地面が津波のようになって俺の武装射出を防いだ。

さらにはコリンがその中を駆ける。土の津波の中に存在する岩石や土塊《どかい》を足場とし、縦横無尽に向かってきた。

「ってなんだそりゃぁ!?」

叫んだ時にはすでに彼女は目の前だった。

コリンの綺麗《きれい》な瞳が迫る。咄嗟《とっさ》に後ろに飛び跳ねるが、その時にはもうコリンは霊剣を振るっていた。

俺の胸元が薄く裂ける。

「二撃目です」

・状態異常！　スキル【武装結界】【死の商人】【魔王の眷属《けんぞく》】が封印されました。
◀

「くそっ、【武装結界】を持っていかれた……!?」

前回に引き続き、メインのスキルを速攻で奪い取りやがって……!

俺のアバターは幸運値極振り。まったく戦えないステータスを、様々な要素で補強しているスタイルだ。

そんな自分にとってスキルの数々は生命線。【武装結界】を奪われれば、攻撃力は激減する。

「加えて【執念】まで奪われたら……」

そうなればもはや一巻の終わりだ。アレが発動してくれているからダメージを無効化できているわけで、もしもなくなれば……。

「さぁて！　このままぶっ殺しますよ、シルッ！」

「わかっているわよ、コリンッ！」

二人の攻撃は続く。今度はシルが前に出てきたのだ。

何をするつもりかはわからないが、嫌な予感がビンビンとする。

俺は足装備に宿ったマーくんに命じ、モンスタースキル【瞬動】を使って超高速で後退した。

これならコリンも追いきれないと思ったが――しかし、

「ぶっ飛べぇぇええぇーーーーーーっ！」

俺は目を疑うことになる。

次の瞬間、なんとシルはコリンの背中に大剣を叩《たた》きつけたのだ！

って何やってんだっ!?　また喧嘩《けんか》!?　――と思ったが、そこで俺は思い出した。

〝魔王側と女神側の専用武器『魔鋼武装』と『神鉄武装』には、フレンドリーファイヤを防ぐ機能がある〟と。

つまりコリンはまったくダメージを受けず、その運動エネルギーだけを背に受け……！

「いつか喰《く》らったロケットパンチのっ、お返しじゃーーーーーっ！」

コリンはロケットコリンとなった。超高速を上回る超音速で俺へと飛翔《ひしょう》し、深々と胸をぶっ刺したのだ――！

苦痛に呻くのも数瞬。目の前に表示されたメッセージにぞっとなる。

・状態異常！　スキル【真っ向勝負】【紅蓮《ぐれん》の魔王】【執念】が封印されました。

「っ、やられたッ!?」

ついに食いしばりのスキル【執念】を持っていかれた……！

その事実に瞠目《どうもく》するが、さらに窮地は続く。俺はコリンの突撃を受けて転倒。彼女に馬乗りされる形となっていた。

いわゆるマウントポジションだ。喧嘩や格闘技において、〝こうなれば終わり〟とされる体勢である。

「動きは封じましたッ！　これで終わらせるッ！」

コリンは刃を引き抜くと、再び俺へと振り下ろさんとした。

現在の俺はただのＨＰ１のプレイヤーだ。次に刺されたらもう後がない。

あぁ……クソ、本当にやってくれたぜコイツら。舐《な》めているわけではなかったが、ここまで追い詰められるとは思わなかった。一人一人が俺を殺しうる宿敵《ライバル》だよ。

――ゆえに、

「「ならばこちらも、二人で相手だ」」

「えっ」

コリンが困惑した瞬間、彼女の顔面にニーソックスの足が叩き込まれる。

ぐえぇっ!?　という声を上げながら地面を転がるコリン。廃墟に突っ込む寸前で、シルによって抱き止められた。

「うぅ……一体何が……？　ユーリさんの声が、二つに聞こえたような……」

「……気のせいじゃないわよ、アレを見てみなさい」

二人の視線が俺の隣に注がれる。

そこには、俺をわずかに幼げにしたかのような風貌の、黒髪褐色のメイド少女が立っていた。

彼女こそ……いいや彼こそ、ずっと一緒に戦ってきた俺の相棒。俺の戦友。

「紹介するぜ、こいつはマーくん。世界で唯一ヒト型になれる、俺の愛する使い魔だよ」

「よろしく頼む。そして主《あるじ》の敵は殺す」

周囲に武装を展開するマーくん。それは【武装結界】にも似た絶技、『邪剣招来』によるものだった。

されどその区別なんて相手からしたらわからないだろう。シルとコリンからすれば、俺を無力化したと思ったら俺のコピーがポンと出てきたようなものだ。

彼女たちの表情がものすっごく嫌そうになる。

「ハハッ……これは予想してなかったわ。本当に意味のわからない魔王様ねえ」

「ええ……ですがやるしかありませんよ。むしろ二対二になった分、気兼ねなく戦えます」

再び刃を構える二人。これで勝負は仕切り直しとなった。

「前は頼んだぜ、マーくん」

弓を手にして後方に下がる。今の俺は【武装結界】が使えない上、マー君の実体化中は敏捷《びんしょう》値補正が無効になるのだ。ならば前衛は彼に任せ、正しく弓兵してやるさ。

「任せろ主よ、そなたに勝利を授けよう」

マーくんの両手に黒き刃が現れる。

後ろ姿こそ可愛《かわい》らしくなってしまったが、そのカッコよさは黒騎士だった頃のままだ。

さぁ、好き放題に暴れろマーくん。お前こそ、クトゥルフとアトラク・ナクアに次ぐ切り札だ。

この世で唯一の進化体ボスモンスター『巫装神妃《ぶそうしんき》マジェスティー・オブ・ニトクリス』としての力をぶつけてやれ――！

第八十五話　殉愛至極のエンゲージリング

「ん……？」

再び激突する直前。不意に、コリンの首元から粉のようなものが落ちた。

よく見れば彼女はネックレスをしており、それが崩れ落ちたのだ。

「うげ、しょーがなしですね」

首元を払うコリン。そこで、彼女の右手の中指に嵌《は》められている指輪の存在にも気付いた。

あの毒々しいデザインって、たしか……！

「ＨＰを１にする装飾品『呪縛の指輪』か。前にコリンが探してたモノだな」

なるほど読めたぜ。彼女の超スピードの理由が。

「要するに俺と同じ手か。ＨＰを代償に、自身を強化してたんだな」

ゲームの中には、『ＨＰ～以下の時に発動可能』というような装備がある。

たとえば俺が身に着けている『邪神契約のネックレス』がそうだ。コイツはプレイヤーのＨＰが１の時、幸運値を三倍にしてくれるという装飾品だ。

他にも、ＨＰ１の時に筋力値が三倍になるスキル【死ぬ気の馬鹿ヂカラ】ってのもあるからな。装備品にしろスキルにしろ、コリンは厳しい条件を満たすことで敏捷値を極限まで上げていたのだろう。

……しかし、それならマーくんの蹴りを喰らった時点で死亡してしまうはずだが……。

「さっき崩れたネックレス。おそらくアレが、食いしばり系の能力を持っていたってわけか？」

そう指摘する俺に、コリンは素直に頷《うなず》いた。

「えぇその通り。ユーリさんのスタイルをちょいパクして、速さを極めてみました。もちろん発動確率が幸運値依存の【根性】や【執念】は使えないので、『身代わりの首飾り』という装備を保険にしましたがね」

一日一度しか使えない上、使い捨てなんですよね～と彼女は苦笑した。

なるほど。そう考えると俺の【執念】は本当に破格だな。

「ちなみにスキル名は【高速突破のオーバードライブ】。ＨＰ１の時、敏捷値を三倍にするスキルです。他の三倍になる系スキルとは併用できませんが、強力でしょう？」

「確かにな。……じゃあシルのほうは筋力値強化のスキルを？」

「えぇそうですよ～！」

なぜかニチャァ～ッと笑うコリン。彼女は「ですよねーシルさんっ♪」と俺の元副官の肩を抱いた。

よく見ればシルのほうも、左手の中指に『呪縛の指輪』が嵌められている。あと、なぜだか顔が真っ赤っかだ。

「うぐっ、やめなさいよ雑魚ネコっ！　触んな！」

「ほらぁシルさんのお口から教えてあげてくださいよ。『私は【死ぬ気の馬鹿ヂカラ】の持ち主ですぅー』って！」

「ああああああああッ!?　そのクソみたいなスキル名言うなぁああああっ！」

コリンに本気で殴り掛かるシル。しかし速度を極めたネコミミ忍者は「うひひひっ」と笑いながら余裕で拳を避けてしまう。

あぁシル……そのスキル名気にしてたのか。たしかに女の子的には嫌かもな。

「なるほどなるほど。ステータスの爆上げ自体は前の仲間殺しの装備でもしてたが、アレの強化は刹那的だからな」

しかし今の彼女は、アトラク・ナクアを倒した後も継続的に戦闘を続行していた。そいつは【死ぬ気の馬鹿ヂカラ】によるものだったか。

「納得いったぜ。――んで、お前らは一体何を企《たくら》んでいるんだ？」

「「っ……」」

俺の問いに、二人の雰囲気に真剣さが戻る。

コリンがじっとこちらを睨《にら》み、「気付いてましたか」と呟《つぶや》いた。

そりゃあそうだろ。

「前のイベントの時にも言っただろ。急にペラペラ喋《しゃべ》る奴《やつ》は、時間を稼ぎたいかアホかの二択だってな。

……そしてお前らは俺の最高のライバルだ。思惑もなく駄弁《だべ》るわけがない」

それに、『霊剣フツノミタマ』による封印状態は数分程度で解除されるからな。

その貴重な時間を浪費するわけないさ。

「さぁ、魅せてくれよお前ら。俺を倒すための次なる手を！」

弓矢を番《つが》えて問いかける。

すると、少女たちは意を決したような表情で手を繫《つな》いだ。指に嵌められた『呪縛の指輪』が重なり合う。

「レベルが上の敵を前に、パートナーと離れず一分以上経過――これで発動条件は満たしました。私たちの必殺スキルを、ご覧に入れましょう」

「……このスキルを習得したのは本当に偶然よ。条件は、『指輪型の同じ装飾品・同類のスキルを持ったプレイヤーが同じＨＰで相打ちした際、ごく低確率で覚える』というものの」

二人の身体《からだ》に変化が起こる。

繫がれた手を中心とし、桜色の光が彼女たちを包み込んでいく。

「おいおい……何をやる気だよ……！」

――スキルの強力さは、習得条件や発動条件の厳しさによって決まる。

この法則に当て嵌めたら、これから発動するスキルは史上最強クラスのものだっ！

「『私《アタシ》たちの全力を見ろッ！　能力共有スキル発動ッ、【殉愛至極のエンゲージリング】！』」

次瞬、ゴウッと音を立て、凄絶なる闘気が戦場に吹き荒れる。シルとコリンの小さな身体から、ペンドラゴンにも負けないような威圧感が溢《あふ》れ出す。

薄桃色の光を纏《まと》った少女たち。二人はゆっくりこちらに向かって歩いてきた。

「能力共有スキル、【殉愛至極のエンゲージリング】だと……。一体それは……」

俺が瞠目《どうもく》した刹那、シルとコリンの姿が消えた。

背筋にぞっと戦慄が走る。気付けば二人はまったく同時に、両側から俺に斬りかかっていた――！

「ッ、マーくん！」

「あぁッ！」

細かく指示する時間すらない。相棒との絆《きずな》を信じ、右のコリンへと拳を続き出した。

短剣の刃とぶつかる拳。その瞬間に俺のスキルが発動する。

・スキル【神殺しの拳】発動！　拳撃時一秒間、手首より先を『無敵化』！　あらゆるダメージ・衝撃・効果を無効！

　スキルのおかげでダメージはない。さらに追加で吹き飛ばし《ノックバック》のスキル【魔王の波動】が発動。ダメージこそ与えられないものの、コリンが大きく弾《はじ》かれた。

　そして左側のシルはマーくんが対処してくれていた。反射的に【瞬動】を使ってシルへと接近。俺に刃が振り下ろされる直前で、跳び蹴りを喰《く》らわせていたのだ。

　舌打ちをしながら後退するシル。彼女の首元より、コリンと同じ『身代わりのネックレス』が崩れ落ちた。

「助かったぜマーくん、以心伝心だな」

「私たちならば当然だ。それよりも、気付いたか？」

「ああ」

　短剣を殴った拳を見つめる。

　相手から伝わる衝撃は完全に無効化した……はずが、それでもわずかに震えていた。

「コリンの奴、ものすごい威力の一撃を叩《たた》きこんできやがった。それにパワー特化のシルのほうも、コリンと同じくらいの速さで攻めてきたし……」

「うむ、能力共有とはそういうことだろうな」

つまり、スキルの共有。

それによって一人のプレイヤーに一つしか効果の適用されない『特定ステータス三倍化』のスキルを、二人とも同時に発揮してやがるんだ。

俺は少女たちを睨みつける。最強の速度と最高の攻撃力を併せ持った、二人で一人の化け物たちを。

「流石《さすが》はユーリさん、超高速の奇襲によく対処できましたね」

「並みの相手ならキョドって終わりだったでしょうよ。アイツ、ステータス馬鹿の教皇《おっさん》と密室で殺し合った経験があるから」

「どんな経験ですか……。でも、私たちの頭数はそいつの倍です。そして……！」

片手を掲げる少女たち。すると虚空より、二振りの刃が現れた。

巨大な大剣と鋭利な短剣だ。一体何だと思いきや、コリンが開いた片手に大剣を握り、シルのほうは短剣を手にしたのである……！

「っておい……ブレスキって基本、最初に選んだ武器の種類しか扱えないはずだろ。まさか……!?」

「えぇその通り。【殉愛至極のエンゲージリング】は、武器の使用権すら共有します。――さぁ、これで手数は四倍ですよぉ！」

叫ぶのと同時に、二人の姿が掻《か》き消えた。

今度は単純な奇襲などではない。俺とマーくんを中心として、周囲の建物を飛び交い始めたのだ。

薄桃色の残光が舞う。俺たちの周りに、光の檻《おり》が形成されていく。

次第に狭くなっていくその範囲に、マーくんが呻《うめ》いた。

「クソッ、目で追いきれない。まずいぞ主《あるじ》よ……いつ来るかわからない超高速の四撃など、対処があまりに難しすぎる」

「ああ。【神殺しの拳】で防ごうにも、文字通り手が足りないな……」

まぁ俺たち二人でデカい盾を二つ持つって策もあるが、あの超パワーの前には無力だろう。つくづく凶悪なコンビだよ。

苦笑する俺に、二人の少女の声が響く。

「さぁユーリさんっ、ボーッとしてるとぶっ殺しますよぉ！　その後はシルをぶっ殺して、私こそが最強になるんですッ！」

「超高速の状態には慣れたわ。そっちのコピー女にはもう殺されない。手向けの花にはコリンの首を添えてあげるから、どうか大人しく死んで頂戴」

……お前ら相変わらず仲が悪いな。お互いを殺そうと思いながら殺しに来るコンビがいるかよ。

そのくせ、俺とマーくん並に息ピッタリとかどうなってんだか……。

「はぁ……これはもう、矢を打ち込んでも意味がないな。弦を引いてる間に終わりだ」

というわけで――俺はこの窮地の場面で、弓使いをやめることにした。

弓をそのへんにポイッと捨てる。なんかさっきまで『前衛はマーくんに任せて、俺は真面目に弓兵やるぜ』とか考えていた気がするが、もういいわ。

そんな俺に、マーくんが「えぇッ!?」と本気で混乱する。

「ゆ、弓を捨てる悪癖が再発したっ!? ぁっ、ぁっ、あるじよっ、それは何かの演技で……？」

「いや、本気で『弓使いって不遇だなぁ』って思っただけだ。だってゲーム後半であんな音速じみた敵が出てきたら弦を引く手間がめちゃくちゃネックになるじゃねえか。たとえホーミング技があろうがソコだけはどうしようもないだろ弓使い。それを考慮せずスピードに制限つけないとかマジで運営この野郎運営……」

「あるじよッ!?」

涙目になって慌てる相棒。そんな彼を横目に、俺は拳を打ち鳴らした。

別に戦いを諦めたわけじゃないさ。

「よぉし愚痴ってスッキリしたぜ。――安心しろよ、マーくん。ヤケになって弓を捨てたわけじゃない。これで両手で【神殺しの拳】を使えるようになっただろ？」

「ぁ、あぁっ……！」

それに、

「マーくんは背中だけ守っててくれ。ヤツらの攻略法なら、すでに見つけた！」

宣言と共に、足元に召喚陣を出現させる。通常のものではない禍々《まがまが》しいデザインのものだ。

薄桃色の檻の中、闇色の魔力光が邪悪に輝く。

「コリンにシルッ！　速さを極めたお前たちだが、今のＨＰはたったの１！　ならば、お前らに追いつける使い魔を出せばいいだけだッ！」

「「っ!?」」

二人が息を呑《の》んだのがわかった。

イベントなどで知っているはずだ。一撃加えることだけに特化した、極限のスピードを持つ合成魔獣『キメラティック・ライトニングウルフ』の存在を！

「これで終わらせる！　【禁断召喚】ッ！　現れろ、キメラティックッ」

「「させないッ！」」

かくして次瞬――前方と頭上から、超高速の二刀流が迫った。

召喚は完全に間に合わない。そして対処すらもできない。

人間の反射速度は約〇・二秒……少女たちの攻撃の前には、あまりにも遅すぎる。

認識してから防御するまでの間に、俺は間違いなく四つ裂きとなるだろう。

だが、

「オラァッ！」

すでにこの時、俺は両拳を突き出していた。

そう。『キメラティック・ライトニングウルフ』を出せば終わる……それゆえ相手が必ず止めに来るだろうと信じ、最初から召喚中にブン殴る気マンマンだったのだ。

まぁ、もちろん狙いまでは付けられない。本当にとりあえず拳を突き出してみましたって感じの、アホみたいなダブルパンチだが――、

「くぅッ!?」

――要は、どこかに当たればいいんだよ。

前方から攻めてきた相手、シルが声を漏らした。

身体には当たっていない、が、右の拳が大剣の一部にヒットしたのだ。それによってスキル【神殺しの拳】と【魔王の波動】が発動し、彼女は片手の短剣を振るう間もなく後方に弾き飛んでいく。

「やってくれるじゃない……でもっ！」

しかし弾かれていく直前。その表情は勝ち誇ったものになった。

ああ、それはそうだろうな。視界の中に現れたシルは、あくまでも陽動だろう。

本命はコリンか。彼女ならば超高速の戦闘にも慣れているしな。それで死角となる頭上を譲ったわけだ。

「でも悪いなぁ」

「えっ」

後ろに飛ばされる中、シルの瞳が大きく開かれた。

なぜならこの時……俺の頭上にいたコリンが、死亡していたからだ。

――彼女の小さな身体《からだ》には、横合いから『弓』が飛んできていた。

◆◇◆

「げほぉっ!?」

ここまでざっと三秒以内。コリンが呻きながら地に落ちた瞬間、一気に時間が動き始めたように感じた。

コリンと同時にシルも地面に足を着く。されど力が入らないらしい。ヨタヨタと後退した後、その場で尻餅をついてしまった。

「え……えぇ……？」

訳がわからないといった表情で、シルは倒れる相棒を見た。

コリンのほうも光の粒子となりながら、「なんでぇ……？」と俺を見上げて呟《つぶや》く。

「答えは簡単だ。——戻ってこい、弓」

命じた瞬間、コリンの側《そば》に落ちていた弓が手に戻る。

その光景に少女たちは呆気《あっけ》にとられた。

「弓使いの専用スキル【ちゃんと使ってッ！】ってやつだ。アホみたいな名前通り、弓が自動で帰ってくるんだよ。そして」

『キシャッー！』

弓が震えて奇声を上げた。憑依《ひょうい》している可愛《かわい》い使い魔、ポン十一郎によるものだ。

「モンスターの宿った武器は多少自由に動けるからな。スキルで弓が戻ってくるまでの軌道を、少しは操れるってわけさ」

これが俺の策の全てだ。

ここまで語り終えたところで、コリンがドン引きの表情でこちらを見た。

「えぇぇぇ……。ライトニングウルフを出汁《だし》にして襲うタイミングを計った挙句、なんですかそれぇ……？　つまりアナタは、その弓さんを含めて『二対三』の状況を作っていたと？」

「まぁそうなるな」

これで捨てたのが剣や槍《やり》だったら、二人はもっと警戒しただろう。

しかし放り投げたのは所詮、弓。矢さえなければ何もできない補助具だ。そんなものより『キメラティック・ライトニングウルフ』の単語に注意が行くのは無理もない。

「うぅ……じゃあ、ウルフを出す時に釣られてなかったら勝ちでした？」

「そしたら素早さ極振りウルフが出るだけだろ」

「そんなーっ!?」

どうあがいてもクソッ！　とコリンは地面を強く叩《たた》いた。

死亡状態になったことで能力共有も解けたらしい。ネコミミ忍者の小さな拳は、地面をぺしりと叩くに終わった。

それを最後に身体が崩れる。光になって天へと昇る。

「くっそぉ……相変わらず強すぎですよ、ユーリさんは……！　でもあきらめません。次こそはっ、次こそはぶっ殺してやりますからねぇ……！」

「おう、また全力でやり合おうぜ」

ニッと笑ってコリンを見送る。

本当にお前は最高の敵だったよ。また戦ったり遊んだりしよう。

「……さて、と」

俺はシルへと向き直った。

真っ赤な瞳が恨めしげにこちらを睨《にら》む。

相変わらずバッチバチな奴《やつ》だぜ。出会った時を思い出すよ。

「なによ……アンタが勝ったのって、運ゲーによるものじゃないの……！」

「というと？」

「ッ、もしもアタシたちが前と上からじゃなくっ！　最初みたいに左右から攻めてたら、勝ってたってことよっ！　そしたらアンタ、馬鹿みたいに空振りパンチして終わっていたじゃない……！」

負け惜しみ、とも言いきれる言葉だった。誰かが聞けば『素直に敗北を認めろよ』と眉を顰《ひそ》めたかもしれない。

だけど俺は気にしない。負け惜しみのセリフが出るってことは、それだけ悔しかったってことだ。

悔しいってことは、本気で勝ちたかったってことなんだ。

だから真っ向から論破してやる。口でも勝つのはこの俺だ。

「運ゲーじゃないさ。――お前らって、俺のことを評価してくれているだろう？　そんな俺に対し、二度も同じように攻めてくるとは思わなかった。ソレを読み切っただけのことだ」

「うぅっ……!?」

シルの瞳から涙がこぼれた。もはや屁理屈《へりくつ》も吐けないといった様子だ。

彼女は「クソッ、クソッ、アホ魔王っ、馬鹿ユーリ！　顔は良くても性格邪悪でしかも彼氏はツルッパゲ！」と、やけくそになって叫び散らした（いや邪悪じゃねえし彼氏いねえよ）。

「まだ、負けてないわ……。コリンが死んでも、アタシがいる……！」

涙を拭い飛ばすシル。

彼女の闘志は決して折れてはいなかった。

赤らんだ顔が、過去最高に美しい。

「それで、どうする？」

「決まっているわよ。殺すわ、ユーリ。アタシの戦いはこれからよッ！」

宣誓と共に、一気にシルは駆け出した。

俺は決して逃げはしない。彼女の瞳を見つめ続ける。

「ウォオオオオオオオーーーーーーーーーーッ！」

耳へと響く、少女の咆哮《ほうこう》。

真《ま》っ直《す》ぐに大剣を握り締め、ひたすら彼女は駆け抜ける。

前へ、前へ、前へ前へ前へ。俺に向かって進み続け――そして。


「ぁ……っ」


そして……シルは死亡した。

俺に斬りかかる直前で、その手から大剣が取り落とされる。

彼女の足が動かなくなり、俺の胸へと倒れ込んだ。

「くっ……そぉ……！」

一筋の涙が再びこぼれる。

彼女の全身は今や、黒剣の数々によって刺し貫かれていた。

俺の相棒、マーくんが呼び出した『リビング・ウェポン』の群れだ。

今のシルはパワーだけのプレイヤー。超高速化能力を失った今、彼女を滅多刺しにすることなど、魔の軍勢からすれば造作もなかった。

「悪かったな、シル。できれば俺自身の手で殺してやりたかったが……」

しかし、それは彼女を舐《な》めたことになる。

だから最後まで容赦なく、シルを謀殺し尽くした。使えるモノをきっちり使って、手すら汚さず他殺した。

そんな俺に対し、元副官の少女は「ホントに最悪っ……邪悪の化身っ、戦闘狂……顔は100点、中身0点……顔だけ……顔……！」と、好き勝手に罵りまくり……、

「でも……ありがとうね、ユーリ。最後まで手を抜かないでくれて……」

ふっと、最期に笑顔を浮かべた。

舞い散る光の粒子の中で、シルは俺を強く見つめる。

「心の底から最悪で、でも大好きな魔王様。アタシを殺したんだから、誰にも負けずに頑張ってよね？」

「わかっているさ。お前のボスは、無敵だよ」

そうして数瞬――彼女が光と消えるまで、俺たちは強く抱き締め合った。

またいつか。今度はコリンのヤツも誘って、ギルドで一緒に暴れようと誓いながら――。

第八十六話　ひとやすみ

「――ユーリばっかに活躍させて堪《たま》るかよォッ！　オレ様たちもやってやるぜッ！」

「無論でござるッ！」

少女たちとの決戦の間にも、戦況は動いていた。

戦力逆転の切り札『アトラク・ナクア』を召喚半ばで排除されてしまった俺たち。

しかし、反攻に転じようとしていた女神側相手に、スキンヘッドやザンソードらが大奮闘。

さらには外壁の上に魔王側の魔法使いたちが陣取り、最初とは逆に敵を爆撃し始めたのだ。

それにより――、

「てっ、撤退だぁあああっ！」

「第二拠点に移れーっ！」

街から逃げ出す女神側プレイヤーたち。

這《ほ》う這《ほ》うの体《てい》といった有り様で、どこかに向かって駆けていく。

その背中が完全に視界から消えた瞬間、周囲の仲間たちが大歓声を上げた。

『最重要拠点っ、制圧だぁあぁーーーっ！』

こうしてみんなの活躍により、魔王軍は『始まりの街』を押さえることに成功したのだった。

◆
◇
◆

「さぁ我が魔王よっ、衣服を脱ぐのだッ！　今すぐにーっ！」

「ってこらグリムッ、自分で脱ぐから引っ張るなって!?　あと周りが見てるから！　恥ずかしいからっ！」

――拠点制圧からしばらくして。

街の中に敵が残っていないことを確認した俺たちは、一旦休憩を取ることにした。

流石《さすが》にずっと戦い続けるのは無理だからなぁ。特に俺の場合は、【巨獣召喚】を再びするために一時間挟まないといけなかったりするしな。

というわけでダラーッとしようと思ったのだが、こんな時だからこそ燃え上がっているプレイヤーたちもいた。

「今が活躍の時だぞっ、生産職部隊ファイヤーッ！」

『ウォオオオオオーーーーーッ！』

俺専属の金髪ちびっ子職人・グリムに合わせて腕を掲げる生産職たち。

彼らはそこら中のプレイヤーから衣服や武器を引き剝がすと、街の一角に突っ走っていった。

今やその場所には作業台や鍛冶設備がところ狭しと並んでおり、生産職プレイヤーたちの超特大仕事場エリアと化していた。

クラフトメイカーの必殺アーツ『常在戦陣工房』によるもので、作業設備一式をどこでも呼び出せるようになるらしい。それを複数人で発動すれば職人街の完成ってわけだな。

「おいっ、そこのサムライも脱げ！　今の内に装備の耐久値を回復させるぞっ！　脱げっ！　脱げーっ！」

「ひえッ、ロリっ子に脱がされるでござるッ!?」

ザンソードからも衣服をはぎ取るグリム。

なぜかザンソードの顔が嬉《うれ》しそうでキモかったのでデコピンしてやったら、「浮気ではないでござるよッ!?」と抱きつかれた。お前アタマ大丈夫か？

「まぁ、こいつがおかしいのはいつものことだからともかく……」

俺はアホ侍（ふんどし一丁状態）を引っぺがし、グリムの小さな肩に手を置いた。

腰を曲げ、熱意に燃える翡翠《ひすい》の瞳と視線を合わせる。

「装備のことは任せたぜ、グリム。どうか俺たちを勝たせてくれよ」

「魔王殿……。うむっ、任されよ。そちらもしっかり休むのだぞ！」

グリムは強く頷《うなず》くと、装備を抱えて駆けていった。

ああ、本当に頼もしい職人様だぜ。お前のことをギルドに誘えてよかったよ。

「うし、それじゃあ言われた通りに休むとするか」

俺は近くの噴水広場に向かうと、噴水の縁に腰かけてアイスにパクついた。

このアイスも、特殊生産職『フードメイカー』の者たちに配られたものだ。

店売りのものよりめちゃくちゃウマイぜ。これだけで一気に疲れが消し飛ぶってもんだ。

「みんな頑張ってくれてるなぁ……」

まさに一致団結といった雰囲気だ。

街壁の上には魔法使いや弓使いたちが待機して襲撃に備え、また足の速い隠密《おんみつ》系プレイヤーたちには女神側の居場所を探ってもらっている。

これがチームワークかとしみじみ思った。ソロじゃない戦いもいいものだ。

「――よぉ嬢ちゃん。なーに黄昏《たそがれ》てんだよぉ？」

と、そこで。がっしりとした腕が俺の肩に回された。

横を見ずとも誰だかわかる。思えば、こいつとの付き合いも長くなったもんだ。

「相変わらずだなぁ。ナンパするなら他を当たれよ、スキンヘッド」

「うるせーやい。オメェ以外はすぐ逃げちまうんだよ、ユーリ」

力を貸してくれた宿敵、スキンヘッドと笑い合う。

そういえばグリムに装備を預けたことで、今の俺は初期装備の黒ドレスだ。

ちょうどこいつと出会った時と同じだな。

「今回は協力してくれてありがとうな。おかげで『始まりの街』をブン獲《ど》ることができたぜ」

「ヘッ、一番活躍してるヤツに言われても嫌味だっつの。……それに、気付いてるかユーリ？」

不意に表情を引き締めるスキンヘッド。粗野な雰囲気を引っ込めると、なんか普通にイケメンで困る。

「お前いい顔してるよなぁ……」

「いやそれこそオメェに言われたくねぇよッ、このキレイ顔無双の美少女モドキがっ！」

スキンヘッドは俺からアイスを奪い取ると、コーンの部分まで一気に口に突っ込んでしまった。

バリバリモシャモシャ食べながら、「顔面偏差値80野郎ざまぁみろッ！」と煽《あお》ってくる。

なんだこの野郎、馬鹿にしてんのか褒めてるのかどっちなんだよ。

「って顔のことぁどうでもいいんだよ。それよりも……」

ゴックンと俺のアイスを呑《の》み込み、スキンヘッドは告げる。

「ペンドラゴンや刺客プレイヤーたちが、この街にはほとんどいなかった。つまり『絶滅大戦』は――ここからが本番ってわけだ」

っ、へえ……！

「ここからが本番、かぁ……！」

スキンヘッドの言葉に笑みがこぼれる。そいつぁーワクワクするってもんだ。

「ペンドラゴンがいないことには気付いていたさ。兵数のほうも総軍には満たなかった」

ペンドラゴンのヤツ、兵力を分散させる策に出たらしい。

逃げていくプレイヤーも『第二拠点に急げ！』とか叫んでいたしな。

はたしてこの先、どんな手を打ってくるのやら。

「まぁいいさ。遅かれ早かれ、全員ぶっ殺すだけだ」

「おぉーコワッ。ウチの大将は血の気が多くて困るぜぇ」

「うるせーやいっ」

スキンヘッドと肩をどつき合う。

恥ずかしいから言葉にはしないが、今回はこいつが味方だからな。相手がどんな策で来ようが負ける気がしないぜ。

――そうして親友と仲良くしていた時だ。不意に空が輝き光ると、銀髪に黒翼の俺らのマスコット『魔王アザトース』が姿を現した。

ツインテールを振り乱しながら『我を見よー！』と喚《わめ》き散らす。

『ちゅうもーくっ！　ちゅうもーくっ！　大戦開始より二時間経過。ここでそれぞれの軍のプレイヤー数を発表するぞー！』

おっ、そりゃ助かるぜ。これまでの激突で、どっちがどれだけ減ったか知りたかったところだからな。

『では教えるぞー！　我ら魔王軍は現在5万1250人ッ！　対する憎き女神軍は、9万6600人だっ！』

「お～……！」

その発表に、誰もが満足げな反応を見せた。

決して歓声を上げるほどではない。まだまだ兵数は離れている。

しかし、当初の8万対17万に比べたらマシだ。着実に俺たちは連中を追い詰めていた。

『よくやっておるぞ貴様たちーッ！　まぁどっかの銀髪赤目の姿とキャラ被《かぶ》りプレイヤーが、なぜか妾の幹部であるクトゥルフやアトラク・ナクアを手懐《てなず》けてるのはムカつくが、ちゃんと暴れさせてくれたようなので許してやろうッ！　なにせ妾は魔王アザトース、器のデカさは宇宙一だからなぁーーーーーっ！　あーーーはっはーーー！』

胸を逸《そ》らして高笑いするアザトース。彼女は散々笑いまくった後、『ではまた来るぞぉ〜！　みんながんばれーー！』と手を振りながら去っていった。

相変わらず愉快な奴《やつ》だなぁ。でも、俺たちの成果に喜んでくれてるようで何よりだ。

「ともかく敵の数は把握した。残り9万人とちょっと、頑張って滅ぼすとしますか〜！」

伸びをしながら立ち上がる。

休憩のほうはバッチリだ。生産職部隊も次々と装備を直し終えている。

隠密部隊から女神側の居場所や動向が送られ次第、次の行動を決めようと思う。

「中央の街を獲った以上、攻めるも守るもこちらの自由だ。さぁてどうするかなぁ」

兵数こそは劣勢なれど、ポジション的には俺たちが有利だ（俺もユーリだ）。

大戦開始から二時間。ダメージエリアもそれなりのところまで浸食しているだろうし、いずれ敵は森を焼き出された獣たちのようにコチラへ向かってくるだろう。

それを全力で迎え撃つのが王道か。いやでも、個人的には敵の拠点に攻め入りたい欲もあったりなかったり……！

「う〜ん、やっぱり攻め攻めでいくかぁ……？　ペンドラゴンに時間を与えまくるのはすげー嫌な予感がするしな。あと単純に早く戦《や》りたいし。あぁでも今回は個人戦じゃなく集団戦だし、みんなの意見を聞かなきゃだよなぁ……」

「ガハハッ、大将の身はつれぇなぁーユーリ！　まぁ慌てずに決めていけや。どんな策を打ち出そうが、オレぁオメェを信じるからよ」

「スキンヘッド……」

……そうだな。慌てることなく、大将として自信をもって決めていこう。

たとえ愚策を選ぼうが、コイツと一緒に実行すれば無理やりなんとかなるかもしれない。

それにみんなも強いしな。ソコの物陰からチラチラと俺たちを見ながら『攻めとか、ヤりたいとか、キメるとか、ものすごくエッチな話を……!?』と呟《つぶや》いているザンソード（ふんどし一丁）も、腕だけならば信頼できる。

「うし、それじゃあクルッテルオの連絡を待つかー」

「ンだなー」

「ぬッ、待てぃッ!?　クルッテルオまでおぬしたちの淫行に巻き込むのかッ!?　あやつはネトゲー女子でありながらそれなりの美貌とかっての残念だったキャラ付けから、『この子を狙うようなヤツは他にいないだろうなぁー拙者でも落とせるかもー』とつねづね思っていた逸材だぞッ!?　ユーリはもはやダメっぽいからアチラに靡《なび》こうと思っていたのに……あぁスキンヘッドよ。おぬしはどれだけ拙者の脳を破壊するのか……ッ！」

「「なんだコイツ」」

泣きながら飛び出してきたザンソード（ふんどし一丁）に、俺たちは揃《そろ》って首を捻《ひね》った。

――と、そこで。

『ユーリ、私よ。今大丈夫？』

視界の端にメッセージが表示された。

隠密部隊を率いるクルッテルオからのものだ。噂《うわさ》をすれば何とやらだな。

俺はキーボード画面を呼び出し、ポチポチと彼女に文字を返す。

「だいじょうぶだぞ、クルッテルオ。そっちは平気か、クルッテルオっと」

『ってその名前二度も打ち込まないでくれる!?』

うぉおっ、レスポンスが早い。

キーボードを見ずに打ち込むブラインドタッチってヤツで書いてるのかな？

俺はできないから憧れちゃうぜ。

『とにかく報告ね。敗走した女神側プレイヤーを追ったところ、「城塞都市イザヴェル」という場所に入っていったの。んで、その内情も探るべく、監視のプレイヤーたちの目を掻《か》い潜《くぐ》りながら、どうにか中に入ったんだけど……』

「入ったんだけど……？」

文面からクルッテルオの困惑した様子が伝わってくる。一体どうしたんだ？

『そこにはざっと、2万人くらいのプレイヤーしかいなかったのよ。つまり女神側は、兵力をさらに別の場所に分散させてるってわけ』

「なんだと？」

2万……先ほど発表された数の、約四分の一以下だ。

残りの兵力は一体どこにやった？

「クルッテルオ、プレイヤーたちの話を盗み聞きして、別の拠点の割り出しを……」

『おおおおおおおおおおおお』

「っ!?」

それは突然のことだった。急にクルッテルオから、まるで初期のキャラ付けの時のような謎の文章が送られてきたのだ。

何があったんだと送り返すが、なかなか連絡が返ってこない。

そうして数十秒――『れんらくむり』と、変換さえされていない言葉が返ってきた。

『いまおわれてるなかましんだ』

「追われてる!?　誰にっ!?」

そう問いただすと、再びしばらくの間を置き……、

『あいては　修羅道のキリカ。やつらなんか　しようとしてる』

〝だから、きをつけて〟と。

その言葉を最後に、クルッテルオからの連絡は途絶えたのだった……。

【絶滅大戦】負けた奴らが傷を舐めあうスレ　1【両軍問わず】

1. 駆け抜ける冒険者

ここは大規模イベント『絶滅大戦ラグナロク』に負けたプレイヤーが集うスレです。
魔王側・女神側問わず、不幸自慢で傷をペロペロし合いましょう。
ただし、やられた相手への過度なヘイト発言はＮＧです。
次スレは自動で立ちます。
前スレ：http:// ＊＊＊＊＊＊＊＊＊＊

130. 駆け抜ける冒険者@魔王側

ワイ、女神側の爆撃魔法で何もできず死んだ模様。
何か質問ある？

151. 駆け抜ける冒険者@女神側

>>130
今どんな気持ち？

173. 駆け抜ける冒険者@ 130

>>151
うんこおおおオオオオオオオオオオオオオオオオオオおおおおおおおおおおおおおおおおお

おお！！！！！！！！

179. 駆け抜ける冒険者@女神側

>>173

草。

180. 駆け抜ける冒険者@魔王側

>>173

草。ていうか臭ｗｗｗ

240. 駆け抜ける冒険者@女神側

>>173

まぁ一度でも死んだらイベントから締め出しだもんなぁｗｗｗ

ちなみにワイも、ユーリが召喚したクソデカ蜘蛛にモンスター山ほど吐き出されて死んだ模様。

何か質問ある？

294. 駆け抜ける冒険者@魔王側

>>240

今どんな気持ち？

310. 駆け抜ける冒険者@240

>>294

うんこおおおおオオオオオオオオオオオオオオオオオオオ
オオおおおおおおおおおおおおおおおおおおおおおおおお
おおおおおおおおおおおおおおおおおおおおおおおおおお
おおおおおおおおおおおおおおおおおお！！！！！！！！

315. 駆け抜ける冒険者@女神側
>>310
草。

350. 駆け抜ける冒険者@女神側
>>310
俺もやられたわ。まぁあの蜘蛛は明らかに次のアップデートで修正されるだろ、元気出せｗｗｗ
それにペン様の理想通り、俺らにタゲが回ってるうちに蜘蛛はシルちゃんが仕留めてくれたからな。
クトゥルフが仕掛けてあったのはマジビビったけど、これで勝ちだろ。

355. 駆け抜ける冒険者@魔王側
>>350
えっ、理想通り!? 勝ち!?

360. 駆け抜ける冒険者@女神側
>>350
ワイも知らないんですけどどゆこと!?

370. 駆け抜ける冒険者@女神側

>>360

あー、同じ女神側でも、一部のリーダー格のプレイヤーしか教えられてないからしゃーない。

イベント中は生きてるプレイヤーにメッセージ送れないし、生きてる連中は掲示板覗けないからもう言っちゃおうかな。

ペン様の奴はな、敵も「味方」も全部追い詰めて使い潰す気でいやがる。

始まりの街は、いまから地獄の舞台になるぞ。

第八十七話　終わりに向かう戦いの始まり

汗を拭いながら、俺の職人・グリムが告げる。

「魔王殿よ。全プレイヤーの装備点検、終わったぞ」

「よしっ！」

隠密《おんみつ》部隊長・クルッテルオからの連絡より少しして。いよいよ魔王軍の準備は整った。

さぁ、ここからが本番だ。傷一つなくなった和風ドレスを纏《まと》いなおし、プレイヤーたちに呼びかける。

「お前たち、四方を見てみろ。いよいよダメージエリアが見えてきたぞ」

街を取り囲む城壁の先。そこには空間を侵食していく、禍々《まがまが》しい赤い霧が迫っていた。

まだまだかなりの距離はあるが、それでもゆっくりと着実に、この場所目掛けて近づいている。

あと一時間もすれば、周囲一帯はアレに呑《の》まれてしまうだろう。

「ダメージエリアの接近に伴い、敵の軍勢も動き始めるはずだ。全員いつでも動けるように、今から気合いを入れなおせッ！」

『応ッ！』

力強く頷《うなず》くプレイヤーたち。

全員、言われるまでもなくやる気いっぱいって感じだ。これなら心配なさそうだな。

「よし。それじゃあこれから、敵軍の戦術予報を伝えるぞ。

クルッテルオの最後の連絡から、敵は複数の個所《かしょ》に拠点を設けているのがわかった。その数が四つ以上だとしたら、おそらく……」

——と、その時だった。

街壁の上に構えた者たちが、「プレイヤーたちが迫ってくるぞ！」と吼《ほ》え叫んだ。

しかも、四方の壁にいる者全員がだ。その報告に俺は苦笑する。

「……聞いての通りだ。女神軍は、全方角から攻め込んでくるぞッ！　各自迎撃準備に急げーッ！」

『オォオオオオーーーーーーッ！』

戦友たちの雄叫《おたけ》びが街に響く。

俺は後の細かな指示をザンソードに任せると、街の中心部にある時計台を駆け上がった。

その頂点から四方を睨《にら》めば、そこには土煙を上げながら迫る敵プレイヤーたちの大軍勢が。

さらに、

「……地上の連中よりも、まずはアッチをどうにかしないとなぁ」

呆《あき》れ半分に空を見つめる。そこには、闇色の炎に燃える地獄鳥『キメラティック・ジェノサイドバード』の群れが羽ばたいていた。

ハイサモナーの特殊能力【禁断召喚】によって俺が生み出した人工モンスターだ。

「アレの召喚者は間違いなく、俺の偽物軍団だな。人の使い魔までパクりやがって……」

だけど良い手だ、最高だと褒めてやる。

あの地獄鳥のコンセプトは自爆特攻。敵に当たって爆《は》ぜて死ぬ……その用途のみを追求した、文字通りの生物兵器だ。それゆえに爆破ダメージは極大だ。

そんな恐ろしいモンスターを群れでぶつけに来るとか、極上に殺意が滾《たぎ》ってやがる……っ！

「楽しくなってきたなぁオイッ！　いいぜ、だったら逆に焼き尽くすのみだッ！」

俺は天へと腕を掲げ、巨大召喚陣を出現させた。

「出し惜しみはなしだ！　【巨獣召喚】ッ、現れろ――『ギガンティック・ドラゴンプラント』ォ！」

『グガァアアアアアアーーーーーーーーーーッ！』

瞬間、時計塔へと絡まりながら巨大な蔦《つた》が生え伸びた。

次いで咲き誇る七つの花と、その中央に生まれる龍の顔。体長百メートルを超える異形の生物が、世界の中心に降臨する。

こいつこそが『ギガ太郎』。こう見えて甘えん坊で最高に可愛《かわい》い、俺のとっておきの使い魔だ。

「さぁギガ太郎。お前のすごさ、改めてみんなに見せつけてやれっ！」

『グガァーッ！』

七つの花弁に光が集う。超特大の魔力光が輝き、空より迫る地獄鳥の群れへと向けられた。

そしてッ、

「破滅の光でぶっ殺してやれぇッ！　ジェノサイド――セブンスレーザァアアアアーーーーーーーッ！」

ついに放たれる極大邪光。七つの烈閃《れっせん》は一瞬にして空を駆け、敵の使い魔たちを呑み込んでいった……！

第八十八話　VS『偽ユーリ軍団』！

殺すぞ、殺すぞ、殺すぞ、殺すぞ！　敵は一匹残らず殺すぞッ！

俺はギガ太郎の上に立ち、殺意のままに指示を出す。

「いけーっギガ太郎！　歯向かう奴《やつ》らは皆殺しじゃーーっ！」

『グガァ〜〜〜！』

殲滅《せんめつ》の輝き『ジェノサイド・セブンスレーザー』を放ちながら、ギガ太郎は時計塔を中心に首を回した。

それによって全方角から迫ってきていた地獄鳥の群れが、次々と光に呑まれて爆散していく。

ワハハハハッ、気持ちいいぜ！

「よーしまだまだぁっ！　サモンテイマー部隊、もう一度頼むぞー！」

地上に向かって手を振れば、すでにそこにはサモ仲間たちが待機していた。

顔を見合わせ頷き合う。

『必殺アーツ発動ッ、「絆《きずな》の革命契約」——！』

再び紡がれる顕現時間延長の奥義。

それによってギガ太郎は実体を保ち続け、好き放題にレーザーを放っていく。

「うし、空の奴らを排除したら次は地上だ！　さぁギガ太郎、もうひと頑張り――」

と、そこで。俺は背後より灼熱《しゃくねつ》の気が迫るのを感じた。咄嗟《とっさ》に七枚のシールドを展開した瞬間、そちらの方角から『殲滅の七光』が差し迫った――！

「っ、これは!?」

最上級の盾の群れが軋《きし》んでいく。

この破壊力は……この純白の輝きは、間違いない。

やがて光が収まった後、俺は攻撃の飛んできたほうを睨んだ。

そこには、赤き霧を背にするようにして……、

『――ウガァァアアアアーーーーッ！』

超巨大樹龍『ギガンティック・ドラゴンプラント』。

俺のギガ太郎と同種の個体が、遠方に聳《そび》え立っていたのである……！

「ははっ……ついに巨大モンスターまでモノにする奴が現れたか……！」

もはやパクりとは笑えない。あのモンスターを仲間にするために、どれほど苦労したことだろうか。

それに、

「ギガンティック・ドラゴンプラントを仲間にするには、強さだけじゃなく隠し条件も突

破する必要がある」

芋虫モンスターを仲間にしまくって食べさせること。それでようやくあのモンスターは仲間になるのだ。

それを、女神側のプレイヤーが一人でも解明したってことは……！

『ウゥウウウウウガァアアーーーーーッ！』

かくして次瞬。六つの方角より、さらに聞き覚えのある咆哮《ほうこう》が上がった。

大地が割れて頭が飛び出す。七つの花弁が天に咲く。

その光景に、俺は「やってくれるぜっ！」と笑ってしまった。

「――ギガンティック・ドラゴンプラント、豪華七体セットとか予想外過ぎるだろ……っ！」

七体のドラゴンがこちらを睨む。合計四十九の花弁が、破滅の光を収束していく。

これがネットゲームの恐ろしいところだ。自分だけが持っていたアドバンテージも、いずれは暴かれ、解明されて、他の者たちも取得していく。

難易度なんて関係ない。魂に火が付いたゲーマーは不死身だ。何度も何度も何度も挑戦と死を繰り返し、いずれは成功を勝ち取ってみせるだろう。

その証拠たる光景が、いま目の前に広がっていた。

「まったく困った限りだぜ……。これからはみんなギガ太郎を手に入れていくのか。地獄だな」

『ウウウウウウーーーーガァアアアアアーーーーーーーーッ！』

全包囲に立つ樹龍たちが唸《うな》った。いよいよ一斉に破壊光を放つつもりだ。

ああ……さらに敵の脅威は終わらない。邪炎に輝く地獄鳥『キメラティック・ジェノサイドバード』の群れが、再び全方位から羽ばたいてきた。

何もおかしなことはないか。あいつらは素材さえあれば生み出せる人工生物だ。【禁断召喚】には一度に一匹しか召喚できないという縛りがあるが、ストックできないルールはない。あらかじめ無数に用意しておき、やられたら次を放てばいい話だ。

『ウギガァァアアーーーーーッ！』

『ピギャァアアーーーーーーッ！』

生物兵器の群れが吼える。巨大樹龍どもが艦砲のごとき花弁を向け、地獄鳥どもが特攻兵器となって空を駆ける。

目を凝らせば、ドラゴンプラントたちの頭部に白装束の者たち『偽ユーリ軍団』が集まっているのがわかった。

そいつらの手元が魔力光に煌《きら》めく。何をしているのか、サモナーの俺には一目瞭然だ。

「あいつら……駄目押しとして、威力強化の支援魔法『ハイパーマジックバースト』まで使いやがったな……！」

発射寸前の花弁がさらに激しく輝いた。闇の翼が爆発するほどに燃え上がった。奴らは完全にイベントを終わらせる気だ。

そして――いよいよ攻撃の時は来た。

七体分の破壊光が一気に放たれた。地獄鳥の群れが最後の加速を行った。

まさにやりたい放題だ。純白のローブをはためかせ、敵の『ユーリ』たちが魔王のごとく笑っているのが見えた。

「ははっ……本当に、やってくれるぜ」

破滅を前に小さく呟《つぶや》く。

ああ、これは相手が全力で努力しまくった結果だ。

たとえ俺の後追いだろうが、ここまで苦労したことだろう。数日前の前哨《ぜんしょう》戦《せん》からさらに高めたクォリティに拍手だ。

もう誰も、お前たちを偽物とは呼ばないだろう。お前らの気合いは本物だよ。勝ち誇れ。

――だがしかし、

「なぁ。地道な努力や気合いとか、『お前』は心底嫌いだろう？」

勝ち誇ったその顔を、絶望に変えたくなるだろう？

そう問いかけた瞬間――『キヒヒヒッ！　よくおわかりでぇッ！』と、邪悪極まる少女の声が響き渡った。

かくして結果は捻《ね》じ曲がる。

絶対的なる樹龍の烈光は、『無敵』の肉体に弾《はじ》き飛ばされた。

万死極まる地獄鳥たちは、『不死』の者らに次々と殴り堕《お》とされていった。

〝なっ、なにぃーーーーーーッ!?〟と、偽ユーリ軍団が瞠目《どうもく》しているのがわかった。

そんな彼らに向かい、邪悪なる王が高笑う。

『ギヒャヒャヒャヒャヒヒハァ～～～ッ！　悦《い》いですねぇ～ッ、遠くからでもわかるあの絶望の雰囲気ッ！　勝利が敗北に変わるドッキリを、皆さま楽しんでいただけましたァッ!?』

俺の側《そば》へと現れたピエロ姿の少女人形。彼女が指先を手繰るたびに、魔力の糸が複雑に動き、十二のヒトガタが超速で敵を屠《ほふ》っていく。

彼女こそ……いいや彼こそ、ＥＸボスモンスター『魔導王ヴォーティガン』。

十二の不滅人形を操る、ルール破りの使い魔だ。

彼はケタケタと笑いながら俺に絡みついてきた。

『人が悪いですねぇ王様。確殺しにきた相手に、不死の人形兵を持つワタクシをぶつけるとか！』

「ハッ。うるせーよ、王様。俺はお前みたいに嫌がらせが好きなんじゃない。ただ、勝つのが好きなだけなんだ――ッ！」

『アハぁッ！』

最新最凶の使い魔と笑い合う。

さぁ、覚悟しろよ偽ユーリ軍団。お前たちが未《いま》だ摑《つか》めていない力を、全力で魅せてやるからよぉ！

『ウガッ、ウガガァァアアーーーーッ！』

戸惑いながらも咆哮を上げる敵のギガンティック・ドラゴンプラント軍団。再度花弁を輝かせ、破壊の光を放たんとした。

現界からとっくに十秒は超えているが、敵もサモンテイマーの支援で顕現時間を伸ばしているのだろう。今度こそは滅ぼしてやろうと、樹龍の上に立つ偽ユーリ軍団が再び支援魔法を唱えた。

通常ならば非常にまずい状況なのだが……しかし、

『キーヒッヒッヒィーッ！　無駄無駄無駄無駄ぁぁあああーっ！』

どんな火力の軍勢も、無敵の人形兵たちを操る魔導王の前には無力だ。

ハイテンションで指先を動かすヴォーティガン。それに合わせて無敵の筋肉バキバキ人形たちが地獄鳥の群れをブン殴り、さらにはそいつらを足場としてギガンティック・ドラゴンプラントたちにまで迫った。

慌てふためく俺の偽物たち。そんな彼らに見せつけるように、ヴォーティガンは人形を動かすと、破壊の光が収束した花弁を鷲摑《わしづか》みさせた。

そのまま、花占いのようにビリビリと破り散らす。巨大樹龍たちの悲鳴が上がった。

『ギヒャヒャヒャヒヒハァァぁ！　今どんな気持ちですかぁ〜サモナーのみなさーんっ！　使い魔なんて所詮はイキモノッ！　最硬度魔法鉱石と強靭《きょうじん》極まる魔獣の筋繊維をブレンドしたワタクシ特製の魔法人形には敵《かな》わないのですよォオオッ！　だって臓器や脳髄の部分まで筋肉が詰まってますからね！　最強ーッ！』

ヴォーティガンの無双は止まらない。自身の周囲に魔法陣を出現させると、そこから水弾や炎弾や雷弾を放ち、打ち漏らされていた地獄鳥たちを墜《お》としていった。

もはややりたい放題だ。流石《さすが》はＥＸボスモンスター。巨大獣でもないくせに、三分間しか顕現できない制限があるわけだぜ。

『見てくださいよマスタぁー。相手方のサモナーたちの慌てっぷりを！』

「ああ」

俺の偽物軍団は混乱していた。

地獄鳥の群れは全て墜とされ、そして自分たちの目の前には不死の人形兵団が迫っているのだ。これでビビらないわけがない。

そう……彼らは本気で慌てていた。

『それでは、フィニッシュでございまぁーすッ！』

ヴォーティガンが指を振り下ろす。

それによって人形の群れは一斉にドラゴンプラントを殴り倒し、巨大樹龍を足場としていた偽物たちは、悲鳴を上げながら地に落ちていった。

「これで大半は死んだだろうな」

食いしばりスキルでしぶとく生きるのが『ユーリ』のスタイルだが、肉体がグッチャグチャになったら一撃死だからな。

一応俺は落下ダメージ無効な【魔王の肉体】というスキルを持っているが、コレはバグモンスターみたいな教皇との戦いで得たものだ。後追いの偽物軍団が所持している可能性は低い。

『いぇーいっ、ワタクシつよーいー！　マスターもそう言ってくださいなぁ～っ！』

「あぁ、お前は強いよヴォーティガン。……だが、それゆえに使わされたって感じだな」

『って、ふぇ？　使わされた？』

俺の言葉に首を捻《ひね》るヴォーティガン。中身は男で一国の王だったくせに「ふぇ？」はないと思うが、まぁそこは置いといて推察を話す。

「俺の偽物軍団。あいつらは本気でお前に驚いてやがった。つまり、マーリンやアリスから情報を渡されていなかったわけだ」

そう。無敵の人形を操る『魔導王ヴォーティガン』の存在は、女神側のあの二人も知るところだった。

それを知らされてない辺り……間違いなく、総大将であるペンドラゴンの指示だろうな。

「要するにあの偽物軍団は、ヴォーティガンを使わせるための誘い駒だったんだよ。そう動かすために、あいつらは情報を渡されていなかったんだ」

ネットゲーマーも所詮は人だ。『ちょっと犠牲になってくれ』と言われて、ハイそうですかと素直に頷《うなず》く奴《やつ》は少ない。

特に今回のイベントは、一度死んだらドロップアウトだからな。

もしもヴォーティガンの存在を知らされていたら、偽物軍団も慎重に動いていただろう。

「それこそ奴らには、無敵人形じゃないと対処が難しいほどのバ火力を発揮してもらう必要があった。余力なんて残さず全力で動いてもらう……それでこそ俺は、お前を出さざるを得なくなり……」

『……そしてワタクシは、召喚制限で今後一時間は出れなくなるってわけですかァ。実質以下省略。


退場ですねぇ、ぷく～』

頬を膨らませるヴォーティガン。中身は男で一国の王だったくせに「ぷく～」はないと

ともかくそういうことだ。そして、ここに来てもう一つペンドラゴンの策に気付いた。

「見てみろよ、敵の地上部隊の顔を」

空を舞台にモンスター合戦を繰り広げている内に、地上を駆ける女神側プレイヤーたちも近づいていた。

彼らの表情はこの上なく必死だ。全方位にいる者、満遍なく油断なかった。

「兵数だけなら向こうは倍近くあるのに、この気迫だ。あれは間違いなく、背後からダメージエリアが迫ってきているからだな」

背水の陣ってやつか。プレイヤーたちを無理やり追い詰めて死力を出させるために、ペンドラゴンは時間を置いてから攻めてきたのだろう。

「俺の推測だが、この作戦も部下たちには伝えていないはずだ。

というか偽ユーリ軍団を使い捨てにした件はもちろん、中央の街をあえて譲ったことも絶対にアイツは話してない気がする」

顔を見ればわかるさ。

たぶん、地上を走るプレイヤーたちは本気で、『始まりの街を奪われた』『サモナー部隊

もやられた』『自分たちは劣勢だ』『だから頑張らなきゃ』と、健気《けなげ》に思っていることだろう。

ああ――だからこそ、自分こそが逆境を救う英雄《ヒーロー》にならんと、ゲーマーたちは死ぬ気になるのだ。

その心理をペンドラゴンは上手《うま》く利用していた。

「酷《ひど》いヤツだぜペンドラゴン。本当に最悪で、最高の敵だ……！」

まだ見ぬ宿敵に思いを馳《は》せる。

よくぞ全力の作戦をぶつけてきてくれたぜ。だったらこっちは、全力でソレを打ち破るのがマナーってもんだ。

「ヴォーティガン、次は地上の部隊を蹴散らしてくれ。そしてギガ太郎も……って、言うまでもないか」

俺の愛する最強使い魔が、これまでずっと呆《ほう》けているわけがなかった。

すでにギガ太郎の七枚の花弁は爆発しそうなほど輝いていた。ヴォーティガンが暴れている間、ずっとエネルギーを溜《た》め続けていたのだ。

『グガガァ〜！』

「よし。お前も地上の奴《やつ》らを殲滅《せんめつ》しろ。一匹残らず、ぶっ殺してやれッ！」

『グガーッ！』

吼《ほ》え叫ぶギガ太郎。限界を超えて輝く花弁が、こちらに迫る女神軍を捉えた。

加えて俺は支援魔法『ハイパーマジックバースト』を唱え、その火力をさらに高める。

さぁ、ブチかましてやろうぜッ！

「いけぇギガ太郎ッ！　ジェノサイド・セブンスレーザーーーーッ！」

『グッッガァァアアアアアアアアアーーーーッ！』

そして、空前絶後の破壊光が敵軍に向かった——その瞬間。

「修羅道呪法『斬魔の太刀』」

一刀の前に、光が散った。

第八十九話　vs『修羅道のキリカ』

「なにっ!?」

まさに刹那の出来事だった。

ギガ太郎の破壊光が真っ二つとなり爆散。激しい音と共に、俺の周囲に黒煙が吹き荒れた。

そして、斬。

『はっ……えっ……？』

「――ヴォーティガンの本体はこの嬢ちゃんらしいなぁ。使い捨てどもと違って、マーリンはんから聞かされてますえ」

ゴトリと落ちる、人形の首。

俺の側《そば》に立っていた『魔導王ヴォーティガン』が、一瞬にしてその命を散らした。

「ヴォーティッ……！」

最凶モンスターの突然死。

だが驚いている暇《いとま》もない。

鍛え上げた直感が身体《からだ》を動かし、背筋を逸《そ》らしたその瞬間――斬。

「ちぃッ!?」

「あら素早い」

咄嗟《とっさ》の動きが命を救う。

目の前を奔《はし》る死の一閃《いっせん》。つい先ほどまで俺の首のあった場所を、修羅の刃が駆け抜けた。

戦闘勘に感謝だぜ。ログインしてからバトルばっかかで助かった。

「よっと――!」

戦闘勘くん残業だ。

脊髄反射で飛び退《の》くのと同時、返しの刃が振るわれた。

一瞬前まで胴があったところに、斬閃《ざんせん》が残る。

容赦ねぇなぁ……相変わらず。

「ふう、危なかった。――肝が冷えたぜ、『修羅道のキリカ』」

「はっ、避けおって。――肝をブチ撒《ま》けろや、『魔王ユーリ』」

花魁《おいらん》姿の異世界プレイヤー、キリカと鋭く睨《にら》み合う。

こいつとは鬼ごっこイベントの時以来だったか。元気そうで何よりだよ。

じゃ、とりあえず殺し合おうか――と思ったところで、キリカが怪訝《けげん》な表情を浮かべた。

「……なぁユーリはん、なんやねんその姿は。なんで着物っぽくなっとんねん？」

「おう？」

あぁ、俺の和風ドレスの件か。

そういえばコイツと別れてから作った物だから、言ってなかったな。

「まぁ、ぶっちゃけるとお前のためだな」

「はぁっ!?」

「ほら、お前言ってただろうが。住処《すみか》だった『戦国六道オンライン』が終わって、行き場がなくなったってよ」

そこまで言うと、キリカの額に青筋が走った。「ってふざけんなやッ！」と叫び、俺に刃を向けてくる。

「なんやっ、憐《あわれ》みのつもりか!?　それ見て懐かしい気分になって、心を慰めろとっ!?　ウチはっ、同情されたくてあの件を話したわけじゃっ……」

「ちげーよ」

妙な勘違いを一言で否定する。

グリムの奴にも間違えられかけたが、俺がそんなお人好《ひとよ》しに見えるかよ。

「憐み？　同情？　馬鹿言えよ。見当外れもいいところだ」

「な、ならなんで……」

「決まってんだろ——キリカと楽しく殺し合うためだよ」

双剣を抜きながら言い放つ。その瞬間、彼女の口から「えっ……」と声が漏れた。

瞳を見開き、俺を見つめる。

「戦国の世でずっと戦ってきたお前だ。だったら、和風っぽい姿のプレイヤーとぶつかった時が、一番燃えるだろう？　そんなお前をグチャグチャにしたいんだ」

「っ、ユーリはん……！」

キリカの顔が赤くなる。手にした太刀が静かに震えた。

「さぁキリカ、殺し合おうぜ。最高に高ぶったお前の姿を、どうか俺に見せてくれ」

彼女の瞳を強く見つめる。

紫色の綺麗《きれい》な瞳孔が潤み、やがて雫《しずく》が流れ落ちた。

「……あぁ、もう。ウチ、最初はこの世界に逃げたザンソードの阿呆《あほう》をぶっ殺すために、来たんやけどなぁ……」

キリカの刃が一瞬ぶれた。かくして次瞬、

『グガァァアッ!?』

絶叫と共に光の舞い散る花びら。

再び破壊光を放たんとしていたギガ太郎の花弁が、桜吹雪のごとく千切れ飛んだのだ。

「ユーリ。ウチ、アンタのことを殺したい」

刃がこちらに向けられる。

その切っ先に誘われるように、舞い散る花が後を追う。

「アンタを、一番、殺したい。――この想《おも》い、受け取ってくれはる？」

「当たり前だ」

間髪容《い》れずに頷《うなず》いた。

断る理由があるモノか。こんなに素敵な宿敵の一番になれるなんて、光栄すぎて嬉《うれ》しすぎるぜ。

俺たちは顔を見合わせ、幸せな笑顔で笑い合った。

「それじゃあキリカ」

「うんっ」

笑顔を向け合い、想いを向け合い、かくして刃を向け合うと――、

「「最っ高にッ、殺し合おうかァ――――――ッ！」」

熱き戦場の中心で、俺たちは激しくぶつかり合った――！

◆
◇
◆

「「──死ぃいいいいいねえええええ────────────ッッッ！！！」」


斬り結びながら戦場を駆ける。馬鹿みたいに叫びながら刃を振るう。

最初の十閃《じゅっせん》でギガ太郎は死んだ。回避したキリカの刀がアイツの首を刎《は》ねてしまった。

次なる百閃で時計塔が消し飛んだ。駆け下りながら斬り合う俺たちに巻き込まれ、街のシンボルが廃墟《はいきょ》と化した。

だが俺たちは止まらない。殺意と愉悦が、止まらない。

「「死ねッ！　死ねッ！　死ねぇえええええッ！」」

斬撃と血潮をブチ撒けながら『始まりの街』を走り抜ける。

表通りを駆け、屋根の上を跳ね、路地裏を転がり、壁や虚空まで足場としながら、斬って斬って斬り殺し合う。

まるでデートをしているようだ。

「楽しいなぁ、キリカッ！」

こちらの得物は二つの刃と無限の武装。

双剣を振るうのと同時に、虚空より出現させた武器を射出する。

キリカの全身の肉が抉《えぐ》れた。

「あぁッ、楽しいなぁユーリッ！」

あちらの得物は一刀のみ。されど柄《つか》を握ってきた長さが違った。斬斬斬斬斬斬斬と、刹那の内に幾度も刃を振るい抜く。

俺の全身から鮮血が噴いた。

「「まだまだまだまだまだまだまだまだァァァーーーーーッ！」」

もう滅茶苦茶《めちゃくちゃ》の血みどろだ。

まだだ、まだだと叫び合い、互いの身体を貪り合った。

たった二人で血の池地獄を創造していく。

「食いしばりスキル【執念】発動――！」

何度斬られても俺は死なない。

もはや幸運値を極めた俺に、食いしばりを失敗する確率は皆無に等しかった。

全身をバラバラにされない限り、俺は何度でもキリカを殺す。

「回復スキル【修羅の悦楽】発動――！」

そして、何度斬っても彼女は死なない。

攻略サイト曰《いわ》く、オーバーキルダメージを出した時に発動するスキルだったか。敵のHPを超えた分だけ、自身を癒すことができるという。

ゆえにクリティカルで一撃死しない限り、キリカは何度も俺を殺しにかかるだろう。

「まだまだ死ぬなよ!?」

「馬鹿言え、勝負はこっからやッ！」

血を吐きながら笑い合うと、俺たちはさらに勝負を激化させた。

手にした双剣をキリカに投げる。一瞬彼女は面食らうも、いとも容易《たやす》く弾《はじ》いてしまった。

だがそれでいい。その一瞬の隙の内に、俺は弓と複数本の矢を手に飛び跳ねていた。続けて周囲に武装を呼び出し、見上げるキリカに向かって叫ぶ。

「天道呪法『衰弱の矢』！」

穢《けが》れた呪いを武器に宿らせ、矢と共に射出した。

当たれば防御と敏捷《びんしょう》を削る極悪アーツだ。まぁ元々は『戦国六道オンライン』の技だからな、そこ出身の亡者さんには語るまでもないだろう。

「っ、憎い真似《まね》を！」

目を見開くキリカ。彼女は笑みを深めると、空いた片手に印を結んだ。

「死した亡者よ、ウチを守れやッ！　修羅道呪法『獄門の乱』！」

『ガガガガガガガァァァアッ！』

瞬間、無数の骸骨武者が現れた。呪いの雨はそいつらによって受け止められてしまい、修羅道の姫君には届かない。

さらに、俺が着地したところを狙って武者集団が駆けてきた。

「だったら次はこいつだ！」

俺は弓矢を放り捨てると、虚空から鎌を出現させた。

腰だめに深く構える。さぁ亡者共よ、お前たちの未練を断ち切ってやるっ！

「獄道呪法『断罪の鎌』ァーーーーーッ！」

叫びと共に得物を振るうッ！

獄道呪法『断罪の鎌』。ＨＰが減っているほど威力と攻撃範囲が上がるアーツだ。常にＨＰ１の俺なら最高スペックで発動することができ、巨大な闇の一閃によって亡者の群れが吹き飛んだ。

『ガガッ、ガァ……――』

塵《ちり》へと還《かえ》る骸骨武者たち。

一撃の下に命尽き、光となって消えていく。

その最期が穏やかに感じられたのは、俺の気のせいだろうか。

「あぁ……ホンマにアンタは、ウチを喜ばせてくれるなぁ」

光が散る中、キリカと再び向き合った。

とても満足げな表情だ。「懐かしかったわぁ」としみじみ呟《つぶや》く。

「ありがとうな、ユーリはん。また六道の奥義をぶつけ合えるなんて思わへんかったわ」

「礼には及ばないさ。俺はただ、お前をぶっ殺すために最適な技を出しただけだぜ？」

「あらそうなんかっ？」

俺の言葉にキリカは笑った。

心から幸せそうで何よりだよ。だからこそ気持ちよくぶっ殺せるってもんだ。

「ほな——礼代わりに、アンタのことを殺すとするわ」

修羅の刃が構えなおされた。

さらに全身から噴く闘気。キリカは次の一閃《いっせん》で、確実に俺を殺す気でいた。

あぁ上等だ。こちらも双剣を再び呼び出し、切っ先を向ける。

「じゃあ、やるか」

「おうさ、勝つで」

地を踏み、柄を握り、共に激しく睨《にら》み合う。

さぁ、決着の時だ。これで終わりにしようぜ！

「「死ねよ宿敵ッ！　修羅道呪法『斬魔の太刀』——ッ！！！」」

同時に放つ斬撃烈閃《れっせん》。

刀身から溢《あふ》れ出した輝きが、互いの視界を焼き尽くした——。

第九十話　伝播する熱意

舞い上がっていた土煙が晴れていく。

最高の宿敵『修羅道のキリカ』との最後の激突。

それを制したのは……、

「――かッ、はぁ……」

「俺の、勝ちだ」

双剣を手にした、この俺だった。

キリカがどさりと崩れ落ちる。彼女の胸から、血濡《ちぬ》れた片手の刃が抜けた。

「どっちが勝つかはわからない勝負だったなぁ……」

血を払いながら決着の瞬間を振り返る。

修羅道呪法『斬魔の太刀』のぶつけ合い。それに勝利したのはキリカだった。

何もおかしなことはない。双剣に宿った憑依《ひょうい》モンスターのステータス補正と、衝撃発生スキル【魔王の波動】でごまかしているが、俺は筋力値ゼロの雑魚だからな。

ごく正常に鍛えられたアバターを持つキリカに、同じ技で敵《かな》うわけがなかった。

――だがしかし。それでも一瞬程度なら対抗できる。

右手の刃で放った奥義が完全に潰される合間に、左の刃を突き出し――そして。

「クリティカル……やね。ウチの負けやで……」

胸の傷口を撫《な》でながら、キリカは静かに呟いた。

彼女の身体《からだ》が光の粒子と化していく。ＨＰが尽きた証拠だ。

「楽しかったで、ユーリはん。死ぬほど悔しい気持ちはあるけど、それ以上に楽しかった……！」

「あぁ、俺もだキリカ。また全力で殺し合おうぜ」

散りゆく修羅と微笑《ほほえ》み合う。

本当に、最高に楽しい決戦ができたよ。毎日だってしたいくらいだ。

よし決めた。このイベントが終わったらこいつも俺のギルドに入れよう。バトルしまくったり時には他のギルドを一緒に潰しまくったり、きっと面白くなるだろう。まぁ、シルと同じく気は強いからコリンはビビりそうだけどな。

そんな未来にワクワクした時だ。光の中に消えゆくキリカが、不意にぽつりと呟いた。

「確かにウチは負けた、けど……アンタを引き留める役目は、きっちり果たしましたえ……」

――あとは皆さん、頑張りやぁ。

そう言い残して、キリカは散った。

そこでようやく背後に気付く。俺と彼女の最期の刻《とき》を、じっと見守っていた者たちがいることに。

……街壁の一部が崩壊し、敵プレイヤーたちが侵入していたことに。

「よぉ、大将さん。いい殺し合いを見せてもらったぜ」

武者姿の男が言った。「同じ『六道』プレイヤーとして、キリカも誇れる最期だった」と、血塗られた野太刀を構えながら。

「僕もワクワクさせられたよ。ぜひ、手合わせを願おうかな」

ドレス姿の少女が言った。「『ユグドラシル・オンライン』代表として負けられない」と、ルーンの輝く二振りの鎌を握りながら。

「キミは確かに強いダロウ。だが、生物以外が相手ならどうカナ?」

パイロット姿の……ロボが言った。「ロマンを感じたら『ギャラクティカ・ルーラーズオンライン』に来たマエ」と、自分よりもさらに巨大なロボを侍《はべ》らせながら。

突如として現れた、どことなく違和感を感じる集団。

口ぶりからして間違いない。こいつら、別ゲームからの刺客プレイヤーたちだ……！

「そーいや、お前らを懲らしめるのが途中になってたな。ペンドラゴンのヤツが『絶滅大戦』を起こしやがったからよ」

両手に再び刃を構える。

いいさ。ちょうどいい機会だ。ここで色んなゲームのトップたちにも知らしめてやるぜ。

「俺が最強のプレイヤーだ。どんなヤツにも負けねーよ。そして」

次瞬、敵軍の先頭に立っていた武者野郎の首が刎《は》ねられた。

地に墜《お》ちながら男は驚く。「って、テメェは……っ！」と、大きく瞳を見開きながら。

「──そして、俺の仲間も最強だ。なぁそうだろう、ザンソード」

「うむ」

刃に付いた血を払い、ザンソードは敵軍を睨みつけた。

背中越しに俺へと微笑む。

「ユーリよ。拙者では相手にしきれなかったキリカの殺意に、よくぞ応えてくれたな。

……でもなんだか寝取られた気分でござる」

「気持ち悪いことを言うな」

何が寝取りだ。普通にちょっと悔しいとか言えよ。

ったく……カッコよくて頼りになるのに、相変わらず言動が残念だよなぁ。

「本当にどうしようもない奴《やつ》だぜ。──お前もそう思うだろう、スキンヘッド」

「おうよ」

瞬間、敵の巨大ロボが殴り飛ばされた。砕けたパーツを撒《ま》き散らしながら、軍勢の上に落下する。

足元にいたパイロットロボのほうが、「ぬぁあああッ、我がロマンの結晶がぁッ!?」と騒ぎ立てた。

「よォユーリ、いよいよ敵に乗り込まれちまったなぁ」

ザンソードに続き、スキンヘッドが俺の前へと現れた。

口ぶりのわりに楽しそうだ。両手の手甲を打ち鳴らしながら、「やってやるぜ」と笑みを浮かべた。

「オメェとサムライ姉ちゃんの決闘を見て燃えたのは、なにも敵軍だけじゃねえ。ザンソードの野郎も含めて、こっちだってバチバチだぜ。なぁ、そうだろう!?」

ザッ、と。俺の周囲に足音が響いた。

目を向ければ、最高に熱い顔付きをした『魔王軍』のプレイヤーたちが。

「オレたちだってやってやるぜッ!」

「ここが正念場だッ、暴れてやらぁ!」

「刺客連中には借りもあったしな!」

敵軍に吼《ほ》える仲間たち。それに対し、刺客プレイヤーの大鎌少女も負けじと言い放つ。

「勝ちたい気持ちはこっちが上だッ! さぁみんな、刺客プレイヤーの――『女神軍』の力を見せてやろうッ!」

『応ッッッ!』

彼女の言葉に敵軍も叫んだ。

異世界の刺客だけではない。ブレスキのプレイヤーたちやモンスター合戦を生き延びた偽ユーリたちもが交ざり、一丸となって武器を掲げた。

数えきれない人間たちの、闘志と殺意が空気を満たす。苦しくなるほど魂が燃えて熱くなる。

「あぁ……いいなぁオイ……ッ」

裂けるように笑いながら、俺は着物の胸元を緩めた。

身体が火照《ほて》ってしょうがない。もう心臓は楽しさと面白さで暴れっぱなしだ。汗によって張り付く髪を掻《か》きあげる。

本当に、本当に。このゲームを始めて、心からよかったと切に思う。

そんな想《おも》いを吐き出すように、世界の中心で吼え叫ぶ――――！

「いいぜぇッ、やろうやお前たちッ！　殺《や》って殺《や》られて闘《や》りまくるッ、空前絶後の大決戦をなぁーーーーーーーッ！」

『オォオオオオオオオオオオオオオオオオオーーーーーーーーーーッ！！！』

戦場に轟《とどろ》く魂の咆哮《ほうこう》。

胸のワクワクと武器を手に、俺たちは一斉に駆け出した――――！

【絶滅大戦】負けた奴らが傷を舐めあうスレ 2【いよいよ佳境！】

1. 駆け抜ける冒険者

ここは大規模イベント『絶滅大戦ラグナロク』に負けたプレイヤーが集うスレです。
魔王側・女神側問わず、不幸自慢で傷をペロペロし合いましょう。
ただし、やられた相手への過度なヘイト発言はＮＧです。
次スレは自動で立ちます。
前スレ：http:// ＊＊＊＊＊＊＊＊＊＊

281. 駆け抜ける冒険者@魔王側

うおおおおおおおおオレたちも戦いてぇえええーーーーー！！！
大乱戦に参加させてくれ～！

282. 駆け抜ける冒険者@女神側

>>281
ああああああもっと頑張って生き延びとくんだったーー！
まぁ、数的に考えりゃ女神側の勝ちで決まりだけどなっ！

283. 駆け抜ける冒険者@魔王側

>>282

いーや、自分は大将ユーリさんの爆発力に期待するね！
またあの人が無双してくれたら数万の差くらいひっくり返るだろ！

290. 駆け抜ける冒険者@魔王側
っとここで、運営のナビィちゃんからなんかメッセージが来たぞ!?

292. 駆け抜ける冒険者@女神側
>>290
えぇーとぉ、

『負け犬エリアの皆さんに緊急朗報！　これから10分間、現時点でここにいる人たちで殺し合って、最後に残った5人を復活させてあげます』だって!?

294. 駆け抜ける冒険者
>>290>>292
うおおおおおおおおおこりゃやるっきゃねえぜッ！
オレらも戦場に戻ってやらぁあああぁあああ！！！

310. 駆け抜ける冒険者
スレで愚痴ってる場合じゃねえ！
いくぞこっちも戦争じゃぁああああぁああ！！！！

第九十一話　VS『異世界からの宿敵たち』

『ウォオオオオオオオオーーーーーーーッ！』

そして、開戦から数秒で『始まりの街』は消し飛んだ。

十万人を超えるプレイヤーの激突。超絶の奥義や災害級の魔法がぶつかり合い、大爆発が巻き起こった。あらゆる建物が廃墟《はいきょ》と化した。

のっけから全員が全力だ。遠慮する奴なんて一人もいない。

笑顔でみんなで、殺し合う。

「死ね！」「死ね！」「死ね！」「死ね！」「死ね！」「死ね！」「死ね！」「死ね！」「死ね！」
「死ね！」「死ね！」「死ね！」「死ね！」「死ね！」「死ね！」「死ね！」「死ね！」「死ね！」
「死ね！」「死ね！」「死ね！」「死ね！」「死ね！」「死ね！」「死ね！」「死ね！」「死ね！」
「死ね！」「死ね！」「死ね！」「死ね！」「死ね！」「死ね！」「死ね！」「死ね！」「死ね！」
「死ね！」「死ね！」「死ね！」「死ね！」「死ね！」「死ね！」「死ね！」「死ね！」「死ね！」
「死ね！」「死ね！」「死ね！」「死ね！」「死ね！」「死ね！」「死ね！」「死ね！」「死ね！」
「死ね！」「死ね！」「死ね！」「死ね！」「死ね！」「死ね！」「死ね！」「死ね！」

今や俺たちは繋《つな》がっていた。殺意と闘志と、『暴虐』へと夢を共有していた。

子供の頃、誰もがアニメやゲームのキャラに憧れただろう。

自分たちもすごいチカラを振るって、殺していい敵《ヤツ》を爆散させたいと願っていたはずだ。

それこそまさに、人類共通の理想。大人になっても決して捨てられない宿痾《しゅくあ》。夢のケロイド。〝誰かを全力で殴り散らしたい〟という無垢《むく》なる希望。

そんな、叶《かな》えたくても叶えられなかったはずの理想を、俺たちは今実現していた。

ああ、ここでならソレが許される。

VRMMOの世界でなら、現実以上に全力の暴力が許されるのだから！

さぁみんな、殺し合おうぜ～!?

「こんな最高の場で死んでられるかッ——畜生道最上級スキル【生命堕天・百獣解放】ォッ！」

ザンソードに殺されたはずの鎧武者《よろいむしゃ》が叫んだ。

それと同時に爆散する肉体。いくつもの肉片があたり一帯に拡散した。

そして、怪異は巻き起こる。

『死亡時に一度だけ発動できるスキルだ。オラァ、暴れるぜぇえええーーッ！』

男の声が無数にぶれた。

肉片の一つ一つが蠢《うごめ》き、膨張し、百体の獣に変貌したのだ。

戦場を駆ける獣の群れ。鋭い牙や爪によって、魔王軍プレイヤーを蹂躙《じゅうりん》していく。

「はは、なんてぶっ飛んだスキルだよ……！」

意味のわからない光景に笑ってしまう。

あんなのの使い手が跋扈《ばっこ》してたら、そりゃぁサービス終了するだろ『戦国六道オンライン』。

「だが面白れぇ。このユーリ様がブッ殺してやるぜ」

俺は大きく飛び上がると、地を駆けまわる野獣集団に腕を突き出した。

さぁ遠慮なしだ。巨大な召喚陣を呼び出し、戦場の中心で吼え叫ぶ――！

「必殺アーツ発動、『滅びの暴走召喚』ッ！」

『ガァアアアアアアアアーーーーーーーーーーーーッ！』

百体の魔物たちが一斉に飛び出した。

全身から棘《とげ》を生やした巨大昆虫『ジェノサイド・ビートル』が、十メートル以上の巨体と灼熱《しゃくねつ》の身体《からだ》を誇る溶岩巨人『ラヴァ・ギガンテス』が、全身が酸と毒液でできた凶悪粘体『ヴェノムキリング・スライム』が――その他これまで捕獲してきた高レベルモンスターたちが、獣の軍勢へと襲い掛かる。

『なっ、なんだとぉぉおお!?』

瞬く間に撃滅されていく野獣集団。

獣の群れは魔獣の群れに駆逐され、屍《しかばね》の山と化すのだった。

次こそ肉片が粒子となる。

「悔しかったらリベンジしに来い。何度だって殺してやるさ」

舞い上がっていく光の粒に、そう告げた――その時。

「ッ!?」

背後に殺気を感じた俺は、咄嗟《とっさ》に裏拳を突き出した。

その瞬間、極大のレーザー光線がこちらに放たれ、拳にぶつかって霧散する。

限定的無敵化のスキル【神殺しの拳】発動だ。

「って、おいおい。息吐《つ》くヒマもなしかよ」

振り返るとそこには、ボロボロの巨大ロボに乗ったロボがいた。

いやロボがロボって……なんかややこしいなオイ。

「――我がロマンの塊《かたまり》、『超光機兵ガングリオン』はまだまだ倒れンッ！」

ロボの操作でポーズを決める巨大ロボ。

スキンヘッドに殴り飛ばされたことでコックピットは剝《む》き出しだ。それでも中のロボはめげずに、レバーをガチャガチャ動かしまくる。

「データによると、貴様はあのスキンヘッドの恋人らしいナ！　貴様を殺してヤツを悔しがらせてくれるワァーーーーッ！」

背後からスラスターを噴かせ、巨大ロボがこちらに殴りかかってきた。

言ってることは意味わからんけど、おもしれえ。スペースファンタジーの力には、ファンタジーの代表格で相手してやるぜッ！

「召喚ッ！　現れろ、ゴブ太郎ー！」

『ゴブゥウウウウウーーーーーーッ！』

叫びに応え、緑の巨体が姿を現す。

こいつこそがゴブリンの王『ゴブリンキング』のゴブ太郎だ。

かくして次瞬、巨大ロボとゴブ太郎が取っ組み合う――――！

『ゴブゴブゥウウウーーーーッ！』

「負けんなよゴブ太郎っ！　支援魔法『パワーバースト』発動ッ！」

ムキムキな身体がさらにバッキバキになるゴブ太郎。

体格的には倍近く上の巨大ロボを、ずりずりと後ろに押し込んでいく。

今やゴブ太郎のレベルは俺と同じ90オーバー。これまでの経験値の分配により、今や序盤のボスモンスターとは思えないほどのステータスを持っているのだ。

その圧倒的な力を前に、コックピットのほうのロボが舌打ちした（舌あるのか!?）。

「ぬううっ、猿モドキがやってくれるッ！　ならば、変形アーツ発動『フォームチェンジ・スピードモード』！」

大きく飛び上がる巨大ロボ。すると空中でガチャガチャと姿を変えて、『車』に変形したのだった！

　そのまま猛スピードで俺たちから逃げていく――と思いきや、

「逃げるわけではないゾォッ！　喰《く》らえっ、爆撃アーツ『ガングリオンミサイル』！」

　なんと爆走しながら無数のミサイルを放ってきやがった！

　なるほどな、パワー勝負じゃ勝てないから距離を取りながらブッ殺そうってか。

「甘いんだよッ！　ゴブ太郎退却、からのウル太郎召喚っ！」

　ゴブ太郎を消すのと同時、狼《おおかみ》系モンスターの王『ウルフキング』のウル太郎を呼び出した。

　こいつもさっきのゴブ太郎と同じく、極限まで鍛え上げた自慢のボスモンスターだ。

「ぶっ飛ばすぜッ！」

『ワォオオオンッ！』

　その背に乗ってロボ野郎を追いかける。

　途中でミサイルが迫ってきたが、無駄だ。

「支援魔法『スピードバースト』発動！」

　高速の足を超速にまで加速させるウル太郎。

　八艘《はっそう》飛《と》びのごとき動きでミサイルを躱《かわ》しまくり、爆発を背に巨大ロボに迫る。

　さぁ殺すぜ～～！

「ヌヌヌヌヌヌッ、今度はデカイ犬だと!? こっ、こうなったらエネルギー消費は激しいが仕方ナイ。変形アーツ発動『フォームチェンジ・エアライドモード』!」

ウル太郎が追い付かんとした瞬間、さらにロボが変形した。

今度は『戦闘機』のごとき姿になると、戦場の空に舞い上がった。

さらにあちこちから砲門を開き、

「喰らえぇッ! 必殺奥義『ガングリオンレーザー乱れ撃ち』ィイイ!」

無数の破壊光線が俺たち目掛けて降り注ぐ。

その中を駆け回るウル太郎。曲芸じみた動きでレーザーを回避していくが、このままではやられっぱなしだ。

「ならばッ」

俺は超速で駆けるウル太郎から飛び上がった。

そして、宙を舞いながら再び使い魔を入れ替える。

「ウル太郎退却。からの、チュン太郎ーっ!」

『ピギョォオオオオオーーーーーッ!』

紅蓮《ぐれん》の巨大鳥が足元から現れる。

コイツこそは炎鳥の王『バニシング・ファイヤーバード』のチュン太郎だ。

そのあったかい背中にしがみつくと、チュン太郎は一気に空へと舞い上がった。

　これで追いかけることができるぜ～！　絶対に殺すぞ！

「ウヒィイイイイッ、あの手この手で追いかけてきやがッテ！　こうなったら空中戦ダァーッ！」

　全砲門をおっぴろげにする巨大ロボ。そしてドッグファイトが始まった。

「全弾射出全弾射出全弾射出全弾射出全弾射出ーーーッ！」

　空を翔《か》けながら身体中からレーザーやミサイルを好き放題にブッぱなしてきた。

　対してこちらも負けはしない。

「支援魔法『マジックバースト』発動！」

『ピギョォオオオオッ！』

　チュン太郎の魔力が昂《たか》ぶり、両翼と尾羽に火が付いた。

　それらを激しく振るわせると、燃えた羽毛が炎弾となって敵の攻撃を迎え撃つ。

　さらには俺も空中で【武装結界】を発動し、魔剣や聖槍《せいそう》の数々を兵器としてブッぱなした――！

「墜《お》ちろやスペースファンタジーッ！」

「貴様が堕《お》ちろッ、ファンタジー！」

数多《あまた》の爆発と飛行の軌跡で天を彩《いろど》る。

光と炎を撒《ま》き散らしながら戦場の空を翔けていく。

「あははははははっーーーーーーー！」

自然と二人で爆笑しながら、追いかけっこと弾幕勝負を繰り返し――そして。

「アッ」

唐突にロボが固まった。

なんとも恥ずかしそうな様子で、「エネルギー切れダァ……」と呟《つぶや》いた。

それと同時に堕ちていく『超光機兵ガングリオン』。どうやら俺の巨大ボスモンスターと同じく、エネルギー切れという名の使用制限があるらしい。

ま、じゃなきゃチートみたいなもんだしな。

「今回は俺の勝ちだな」

「フン、次は負けんヨ。さっさとトドメを刺したマエ」

「言われるまでもない」

落下死なんてさせてやるかよ。

俺は弓を手にすると、誇らしき戦友に向かって矢を放ったのだった――！

第九十二話　佳境、絶滅大戦！

――激戦は続いた。

女神側の者たちを相手に、俺の仲間たちも全力を出して暴れ続けていた。

もはや他人を庇《かば》える余裕のある者は少ない。

低レベルの者はもちろん、戦闘職以外の者たちも必死で敵に抗《あらが》った。

「おりゃぁあああああッ！　みんなしねーーーーーっ！」

ちびっこ職人グリムが吼《ほ》えた。身体《からだ》よりも巨大なハンマーを乱雑に振り回し、目につく相手を叩《たた》き潰していく。

……はたから見たらヤケクソにしか見えないが、あれで割と無双できているのだから恐ろしい。

「実はグリムって高レベルプレイヤーだったりするからなぁ……」

このゲームではモンスターを狩る以外にも、アイテムの作成や改良でも経験値が獲得できる。

そのため、数多の装備をいじりまくってきた彼女は、レベルだけなら準一線級の数値を誇っていた。

しかも『いざという時、戦える自分でありたいっ！』と言って、セカンドジョブには鉄《てっ》槌《つい》系高火力ジョブ『ハードスマッシャー』を選んでいるからな。舐《な》めてかかった者は返り討ちにあってしまうだろう。

──しかし、もちろんスペックだけで戦い続けられるほど甘くはない。

「わっ、わわっ!?」

彼女の戦闘技術は素人同然だ。ハンマーの勢いに足を滑らせ、戦場でコケるという大失態を犯してしまった。

今やこの場所に『容赦』などという言葉はない。隙を晒《さら》したグリムに目を付け、数多の敵が殺到した。

だが──その時。

「ピンチですわね、グリムさん」

純白の傘より放たれた魔力砲が、飛びかかった者たちを吹き飛ばした。

へたれ込むグリムの前に、白き貴婦人が舞い降りる。

「うふふ……たまにはバトルもいいですわねぇ」

彼女の名はフランソワーズ。職人界のトップであり、数少ない『ベータテスター』の一人だ。

また、グリムがライバル視する存在でもあったりする。

「うぎぎっ、フランソワーズ……！」

「あら、うぎぎってなんですか。助けてもらったのなら、『ありがとうございます』でしょう？」

「えっ!?　ぁ、あぅ、ぁ、ありがとう……ございます……！」

真っ赤になりながら言葉を絞り出すグリム。早速やり込められているようだ。

フランソワーズはフッと笑うと、そんな彼女に手を差し伸べた。

「さぁお立ちなさい。服飾系の職人たるもの、自身も常に優雅でなくては。たとえそこが戦場であろうと、ね」

まぁリタイアするならそのままで――と言葉を続けたフランソワーズに、俺の専属職人は吠《ほ》え掛かる。

「誰がリタイアするかっ！　我が活躍はこれからだーっ！」

差し伸べられた手を借りず、自力でグリムは起き上がった。

小さな両手にハンマーを構え、燃える戦場の中心で叫ぶ。

「我こそはグリム！　最強の魔王・ユーリ殿の専属職人であるっ！　おらっ、死にたい奴《やっ》はかかってこーいっ！」

ハンマーを振り回しながら敵へとかけていくグリム。

一瞬彼女は振り向くと、フランソワーズに向かって挑発的な笑みを浮かべた。

まるで『これからは、お前が私を追いかけてみろ』と言うように。

「フッ……ウチの大人しい妹ちゃんみたいな顔して、なんて生意気な子」

言葉とは裏腹に、フランソワーズは嬉《うれ》しそうに笑った。

そしてその背を追いかけようとした刹那、笑顔のままで彼女は言った。

「あの子があんなに立派になったのは、アナタのおかげですわね。そこの最強の魔王様？」

「おっと、気付いてたか」

爆炎と煙が立ち上る中、こちらを向いた彼女に歩み寄っていく。

流石《さすが》はフランソワーズだな。この乱戦の中でも取り乱さず、周囲の状況をきちんと把握しているようだ。

「あぁ、グリムのことを助けてくれてありがとうな。十秒前まで忙しくてよ」

「……アナタの両手と、後ろの道を見たらわかりますわぁ……」

頬を引くつかせるフランソワーズ。

俺の両手に握られた敵の生首と、背後に続く粒子化していく死体の山を見て、溜《た》め息《いき》を吐《つ》いた。

「呆《あき》れるくらいにお強い人。本来ならば、ないないない尽くしで終わるはずだったアバターを、よくぞそこまで鍛え上げましたわねぇ」

「ハッ、ないないない尽くしだからだろ。ろくにバトルもできないような始まりだったからこそ、色んなモンを搔《か》き集めたんだ」

フランソワーズに剣を射出する。それと同時に、彼女も魔力砲を打ち込んできた。

――俺たちの攻撃は真横を逸《そ》れ合い、背後から飛びかかってきていた敵二人を撃ち抜いた。

相手の鮮血が互いの衣服に飛び散り合う。

「この衣装をくれたフランソワーズにも感謝だ。お前のドレスは、今でも一緒に戦ってるよ」

「あはは……もう原形なくないですこと？」

改造されまくった和風ドレスを見て、職人様は苦笑してしまった。

彼女は呟く。「それはもう、グリムさんの作品ですわね」と。

「ユーリさん。アナタの何より強い武器は、前に進み続けるその心だと思います。どんな不幸にも不遇にもめげず、常に凜《りん》とするアナタだからこそ、あの子を預けたんですわ」

「お姉ちゃんしてんなぁ。んで、正解だったか？」

「……さぁどうでしょう。少し、凶暴になりすぎた感がありますからね～」

ちらりとグリムが駆けていったほうを見るフランソワーズ。

そこには何も案ずることなく、「うぉりゃぁーッ！」と暴れ続ける少女の姿があった。

「ははっ、俺たちの妹分は最強だな」

「えぇ、まったく。……それでもやっぱり心配なので、後を追いかけてきますわぁ……！」

「過保護だなぁ」

本当にお姉ちゃんみたいな奴だ。

ま、この最終決戦じゃ何をするかは個人の自由。

好きな仲間をサポートしまくったっていいし、弱い敵を狙って無双してもいいし、逆にタイマンじゃ勝てない相手を乱戦に紛れて暗殺しにかかるのもよし。

どんなスタンスでも構わない。全力だったら、何でもアリだ。

「ここでお別れですわねぇ。では魔王様、お互いに最後まで生き残りましょう」

「おうよ」

久方ぶりの会話を終え、職人様と道を分かつ。

あばよ、フランソワーズ。どうかグリムと頑張ってくれ。

あいにく俺は、誰かをサポートする気なんてなくてなぁ……。

「――いましたっ、アナタが魔王ユーリですね！　ファンのみんなーっ、敵の大将を見つけましたよーッ！」

と、そこで。

なにやら赤いフードを被《かぶ》ったアイドルっぽい子に連れられ、無数の軍勢が殺到してきた。

一斉に向けられる武器の切っ先。そして熱い視線の数々を前に、俺の身体は昂《たかぶ》った。

何の集団かは知らないが、最高だ。

「うっふっふ、わたしはアカヒメ。今をときめくバーチャルアイドルでぇすっ☆　今日はナマ配信しながらアナタをブッ殺して、さらに名声を――って、なんでニヤニヤしてるんですか!?」

「いやぁ、愉快で堪《たま》らなくてなぁ……！」

ああ、やっぱり一対多数のシチュエーションはいいなぁ。

顔を向き合わせたタイマンも好きだが、顔を把握しきれないほどの軍勢に襲われまくるのも大好きだ。

殺意と暴力独り占めとか、最高すぎて愉快になる。まるで高級ビュッフェみたいだ。

「さぁみんなッ、俺を絶望させてくれ！　手足を千切ってみんなで刺しまくってくれ！　徹底的に追い込んでくれッ！

その上で、全力で抗うからァッ！　ズタボロにされるのもズタボロすんのも全力で楽しむからァーッ！」

「ひぇええッ、ナマ配信に映っちゃダメなタイプの人だぁーっ!?」

騒ぐバーチャルアイドルさんに全力で駆ける。

来ないんだったらこっちから行くぜ。どんな地獄にも飛び込んでやる。

「俺は、絶望が大好きだ……！」

ソレを喰《く》らって強くなることこそ、このユーリ様のスタイルだからなぁ……！

◆◇◆

25万人のプレイヤーがぶつかる『絶滅大戦』。

空前絶後のその熱戦も、佳境を迎えつつあった。

「はぁ、はぁ……滅べや女神側ぁ……！」

「お前らが滅びろ、魔王側プレイヤー……！」

精彩を欠いていくプレイヤーたち。荒い息遣いが戦場のあちこちに響き始める。

疲れ知れずのゲームの肉体といえど、精神力は消費するからな。大乱戦によって集中力を切らし、ミスや奇襲で命を落とす者が増えてきた。

まぁ仕方ないさ。休憩を挟みつつも、二時間以上は戦いっぱなしだからな。まともな奴ならへばってしまうさ。

――だからここからは、真の負けず嫌いたちが踏ん張る時だ。

「斬るでござるッ！　剣撃アーツ連続発動、『居合一閃《いっせん》』『弧月烈閃《れつせん》』『斬空殲滅迅《せんめつじん》』！」

刀を振るうザンソード。ド派手な剣技の数々で、目に付く敵を斬って斬って斬りまくる。

さらに、

「ぶっ飛べやァッ！　拳撃アーツ連続発動、『地獄突き』『黒虎掏心《こつことうしん》』『絶招・通天砲』！」

拳を振るうスキンヘッド。ジャンル問わずな拳法技で殴って殴って殴りまくる。

相変わらず頼りになる二人だ。それにＭＰ回復ポーションも飲まずにアーツを連発しているあたり、いよいよ最上級スキルを発動したようだ。

「レベル80オーバーの剣士系ジョブの者のみが習得できるスキル【剣の極み】と、同じくレベル80オーバーの格闘系ジョブの者のみが習得できるスキル【拳の極み】だな」

その効果は単純かつ強力で、一定時間の間、【剣の極み】ならば剣で、【拳の極み】ならば拳で攻撃するたびに、ＭＰが回復するというものだ。

要するに攻撃し放題になるわけだな。

特にザンソードのジョブ『サムライマスター』は斬撃アーツの消費ＭＰを軽減できる能力を持ち、スキンヘッドのジョブ『パワーグラップラー』は消費ＭＰを高めることでアーツの威力を高めることができるそうだ。

どっちにも相性ピッタリのスキルだな。ザンソードのほうはただでさえ連発できるアーツをさらに使いまくれるようになり、スキンヘッドのほうは最大威力でアーツを放ちまくれるようになるわけだからよ。

「頼りになる仲間たちだぜ。そう思うだろ、マーリン？」

「あら、やっぱり気付いてたの……！」

ちらりと背後を見れば、全身ピンクの眼鏡イケメン・マーリンが武器を手に立っていた。

「流石の敵感知能力ねぇ。あの二人もそうだけど、ユーリちゃんもいい加減に集中力とか切れないワケ？　もうだいぶ戦ってきたはずでしょ」

「ああ、たくさんのライバルたちとやり合ってきたさ」

アリスに、シルに、コリンに、キリカに、他にも名も知らない連中と全力で競い合ってきた。

ついさっきまではバーチャルアイドルとその取り巻き軍団を、百人以上ぶっ飛ばしてやったりな。

だけど、頑張らなくちゃだろ。

「勝利するまで疲れてなんていられないさ。蹴散らしたライバルたちが全員、『自分はあのユーリと戦ったんだぜ』って誇れるように、まだまだ戦い抜くつもりだぜ」

「あはっ、相変わらず真《ま》っ直《す》ぐな子ねぇ……」

疲れたように笑うマーリン。

彼は刃を掲げると、全身に雷を纏《まと》わせた。

「おいおい、それは……」

上級強化呪法『サンダー・エンチャント：スーサイドボルト』。強力な速度強化と麻痺《まひ》効果を付与する代わりに、徐々に自身も焼き焦げていくという短期決戦向きの技だ。

ソレをこの乱戦の場で使うということは、つまり。

「死ぬ気か、マーリン？」

「えぇ、もう気力も限界だもの。やっぱりアタシはゲームデータを読み解き歩くのが大好きな考察勢。ガチ戦闘は向いてないってわかったわ」

でも、とマーリンは俺を睨《にら》みつける。

「……アタシも男だからねぇ、最低限の意地はあるわよ。最後に『魔王ユーリ』を討ち取れたら、これ以上ない成果でしょう？」

「ハッ、言うじゃねえか」

情報ギルド『英知の蛇』のギルドマスター・マーリン。

俺に様々な知恵を与えてくれつつ、自身を贄《にえ》に大戦の扉を開かせた因縁の相手だ。

絶滅大戦自体はめちゃ楽しいから別にいいが、それはそれとして手のひらで転がされたことは癪《しゃく》に障るからな。俺としても、ここできっちりボコりたいところだぜ。

――けどまぁ、それは今度にしておこうと思う。

「悪いなマーリン。どうやらお前には、先客がいるみたいだぜ？」

次の瞬間、マーリンの横合いから槍《やり》の一撃が放たれた。

仲間の一人、『ブレイブランサー』のヤリーオが気配を消して迫っていたのだ。

「なぁッ!?」

咄嗟《とっさ》に避けるマーリン。強化呪法による雷速移動で、一瞬にして後退する。

だがそこに、強化状態の彼に追いすがるほどの速さで黒影が襲いかかった。

もう一人の仲間、『ビーストライザー』のクルッテルオが強烈な蹴りをマーリンに喰らわせる。

「ぐぅうッ!?　あ、アナタたちは……！」

瞠目《どうもく》するマーリンと、彼の前に立つヤリーオとクルッテルオ。

この三人は初対面ではない。先日の『呪い島』の攻略にて、協力し合ったメンバーだった。

「あらあらァ……穏やかじゃない雰囲気ねぇ。アタシ、アナタたちに何か言ったかしら？」

「なーにマーリンさん、別に些細《ささい》なことっスよ」

槍を構えながら、ヤリーオが何でもないことのように言う。

「先日オレらと会った時、アンタはユーリさんを見ながらこう言ったっスよねぇ？　『今日のところはアタシも降参するわぁ。アナタたち二人相手ならともかく、そっちのボスがちょっとどうしようもなさすぎてねぇ』って……」

「えッ、そ、それは!?」

「いやぁわかるっスよ！　たしかにユーリさんはお強いっスから。でも……！」

ヤリーオとクルッテルオが、同時にマーリンを睨みつける。

「オレたちだってトップ勢の一員。まとめて舐《な》められたまんまじゃぁ沽券《こけん》に関わるんスよ……！」

「おぅおぅ……だから二人で決めてたの……！　あの小癪なピンクイケメンを見つけたら絶対にわからせてやろうって……！」

ヤリーオは語る。〝マーリンを探して、この地獄の戦場をずっと駆け回ってきた〟と。

クルッテルオは語る。〝自分なんてキリカに殺されたが、マーリンをわからせるために敗者復活戦に生き残ってきた〟と。

「え、えぇぇええ……？」

鬼気迫る二人を前にマーリンはたじたじだ。

ははっ、俺に特攻して死ぬ予定が狂っちまったなぁ。

「つーわけでマーリン。最後の気力はその二人にぶつけろよ。……そしてもしもそいつらに勝てたら、限界以上の力を引っ張り出して俺にぶつかってこい。男なら、あっさりと最後とか言うんじゃねーよ」

「ユーリちゃん……」

「せっかくの祭りなんだ。限界なんて決めたりせずに、最後の最後の最後まで暴れてやろうぜ?」

俺の言葉に、マーリンは呆《あき》れ気味に頷《うなず》いた。「そう言われたらやるしかないわねェ」と、刃をヤリーオとクルッテルオに向ける。

「フハッ……いいじゃないの。こうなったらユーリちゃん含めて、魔王側のトップ勢を全滅させてあげるわぁ……!」

「おう、その意気だぜ」

インテリな雰囲気を拭い捨てるマーリン。武装を構え、挑戦者二人へと駆けて行く。

しかし俺との離れ際。彼はぽつりと、言葉を残す。

「アナタもせいぜい気を付けなさい。――ペンドラゴンちゃんに匹敵する刺客が二人、残っているわよ?」

「なに?」

そして、次の瞬間。

俺の横合いに、ザンソードとスキンヘッドが吹き飛んできた……!

「って、お前ら!?」

二人とも全身傷だらけだ。彼らの足元に血がブチ撒《ま》けられる。

「ぐぅ……あのオナゴ、やりおるわ……ッ！」

「ハッ、骨のある奴《やつ》がいるじゃねェーか……！」

どうにか立ち上がる二人。致命傷こそ避けているようだが、それでもかなりのダメージを負わされたと見える。

「大丈夫か、お前たち？」

ポーション瓶を二つ取り出して彼らにかける。

飲まずに身体《からだ》にかかるだけでも効果のあるアイテムだが、なぜかザンソードはチュパチュパ吸いついてきたのでブン殴っておいた。元気そうだなオイ。

「コラッ、味方を叩《たた》くなユーリよ！『奴ら』はふざけてて勝てる敵ではござらんぞッ！」

「オメーがユーリに叩かれるようなことをするからだろアホソード。……だがまぁ、舐めて勝てる相手じゃないのは同意だぜ」

余裕のない表情で前を睨むライバルコンビ。

すると、黒煙を斬り払いながら二つの人影が姿を現した。

「──あぁ、ユーリさんここにいた。アナタにたどり着くまでに、ずいぶん殺したよ」

その内の一人は、巨大ロボと狼《おおかみ》武者《むしゃ》と共にいた刺客プレイヤーの少女だった。

流れるような金髪に、赤い瞳と銀の瞳のオッドアイ。

そしてルーン文字の刻まれた魔術的な鎌と、チェーンソー式の刃が付いた機械的な鎌が印象深い。

軍服のようなドレスをはためかせ、俺に可愛《かわい》らしく笑いかける。

「僕の名はアンジュ。『ユグドラシル・オンライン』というゲームで、アナタと同じくトップを張っている者だよ」

挨拶と共に、両手の鎌が唸《うな》りを上げる。

魔術的な鎌からは血色の風が発生し、ドリルのごとく刃を中心に渦巻き始めた。

片や機械的な鎌はチェーンソーが駆動を始め、轟音《ごうおん》を戦場に響かせる。

どちらもまるで、処刑器具のような悍《おぞ》ましさだ。瞠目する俺にザンソードがささやく。

「『ユグドラシル・オンライン』……数年前に試験的にサービスが始まった、初のR指定VRMMOだ。

性的表現こそ控えられているものの、飛び散る臓物の描写や法規制ギリギリの痛覚再現は、当時賛否両論になったでござる」

「なんだそりゃ……。あいつ、あんな可愛い顔してそんなゲームでトップ張ってるのかよ」

「うむ。まぁそう言うおぬしも可愛い顔してメチャつよだがな」

「うるせぇ」

俺が可愛いかはともかく――つまりあのアンジュってヤツは、本物に近い殺し合いに慣れているということか。人は見かけによらないぜ。

「でももう片方は、見かけ通りに強そうだな……」

俺が視線を向けた先には、仮面を被《かぶ》った黒髪の男が立っていた。

よく引き締まった身体をした和風衣装の男だ。

だが、俺やキリカのような華やかさはなく、むしろキリカの召喚してきた亡者どものような物恐ろしい風体をしている。

さらにその頭からは二本の角が。まさに、地獄の悪鬼のようだ。

……あと気のせいかもしれないけど、なんかこの人不機嫌そうじゃないか？

「……オレは『ダークネスソウル・オンライン』の元トップであり、今は様々な新作ＶＲゲームのテスターをしている者で……って、そんなことはどうでもいい……！」

ギョロッと、深紅の眼光が俺を捉えた。あまりの殺意に後ずさりしかける。

な、なんだよなんだよ!?　お前とは初対面だぞ!?　マーリンみたいに怒られること言った覚えはないぞ!?

「貴様がユーリかぁッ!?」

「そうだけどなんだよッ!?」

「なんだよじゃないッ！　貴様が、オレのアリスを――オレのリアル婚約者を倒したプレイヤーかぁあああぁッ!?」

「って、お前が例のロリコン婚約者かよッ!?」

あのどうみても小学生にしか見えないアリスをゲットしたっていう、アラタって奴かよ!?

「殺すぅ……貴様を殺すぅ……!」

ものすごい殺意を放ってくる悪鬼・アラタ。

だがロリ婚約者がゲームで負けたと知ってブチ切れに来たゲーマー彼氏と思えば、もはやあんまり怖くはなかった。

第九十三話　VS『悪鬼アラタ』&『死神姫アンジュ』

「スキンヘッドにザンソード、今回ばかりは喧嘩《けんか》はナシだぜ？」

「拙者は温和でござるよ。いつも突っかかってくるこのハゲが悪い」「んだとぉ!?」

「そういうとこだっつの！　とにかくお前ら——絶対勝つぞ！」

アンジュとアラタに向かって俺たちは駆け出した。

ここが勝敗の別れ際だ。ペンドラゴンに匹敵するというあの二人を倒すことができれば、魔王側にとって大きなアドバンテージとなる。

だが、逆に俺たち三人が破れたら、ただでさえ兵数で不利なこちら側はほとんど詰みだ。ゆえに敗けるわけにはいかない。あの二人を倒して一気に勝利に近づかせてもらう！

「喰《く》らいやがれッ、『断罪の鎌』！」

「斬らせてもらうぞ、『烈刃斬』！」

「ブン殴るッ、『双撞掌《そうどうしょう》』ッ！」

同時にアーツを放つ俺たち。まともに当たれば一撃死する一斉攻撃だ。

それをどう防ぐかと思いきや、アンジュという名の少女プレイヤーは思わぬ手を打ってきた。

怯《ひる》むことなく彼女は大きく前に出ると、

「――ぐぅうッ!?」

「なっ!?」

俺たち三人の攻撃を、身体一つで受け止めたのだ……!

無敵化しているわけではない。俺とザンソードの刃が食い込み、スキンヘッドの拳が腹にボコリと食い込んでいる。ダメージを受けた証拠に、アンジュの口から鮮血が噴き出した。

しかし、

「これくらいの痛みじゃャッ、足りないなァッ!」

彼女は笑みを浮かべながら、両手の鎌を振り回してきた――!

「うぉおっ!?」

咄嗟《とっさ》に後退する俺たち。ドリルとチェーンソーの拷問器具じみた攻撃が目の前を掠《かす》める。

「さぁ、ほら、もっと打ち込んできなよ。アナタたちが死ぬまで死なないから……!」

ジュクジュクという水音が戦場に響いた。

見れば、アンジュの身体に刻まれた傷が高速で再生しているのがわかった。

おそらくは自動回復系のスキルを持っているのか。それに、一斉攻撃をまともに受けても一撃で果てなかった生命力《ヒットポイント》を考えるに……。

「耐久型《タンク》のプレイヤー、ってわけか。こりゃ厄介だな……！」

疲れが出てくる終盤では絶対に当たりたくないタイプの敵だ。

さぁどうするかと考えた矢先、俺たち目掛けて黒影が迫った。

黒く巨大な大剣を握ったアラタが、超高速で襲いかかってきたのだ。

「ブチ殺す──ッ！」

横合いより一閃《いっせん》。黒剣の刃が俺たちへと迫る。

それに対し、スキンヘッドが裏拳を叩きつけた。超重量の剣撃がビタリと止まる。

「スキル【神殺しの拳】発動！　あらゆる衝撃を無効にッ」

「まだだ」

次の瞬間、黒剣が弾《はじ》き飛ばされた。

スキンヘッドの攻撃があまりにも強力だったから──ではない。アラタの奴はあえて大剣を手放したのだ。彼は地を這《は》うような動きで、腕を伸ばしっぱなしのスキンヘッドの懐に潜り込む。

「なっ!?」

そして、拳を引き絞ると──、

「貴様から死ねぇーーッ！」

「ガァアアアアアアッ!?」

一撃粉砕。唸る拳がスキンヘッドの胸骨を破砕し、天高らかに吹き飛ばした。

舞い上がっていくアイツの血が、雨のように降り注ぐ。

「スキンヘッドッ!?」

「次こそ貴様だ」

もはや驚いている暇すらなかった。悪鬼・アラタは俺に駆け寄り、嵐のごとき連続拳を叩き込んできた。

物凄《ものすご》いパワーのラッシュだ。咄嗟に複数の盾を展開するが、ほぼ数撃でそれらが砕けて割れていく。

その連続攻撃から逃れるべく素早く後退するも、ビタリと寄られて離せない。

「くそっ、アンジュが耐久型《タンク》なら、こっちは筋力と敏捷《びんしょう》に特化した攻撃型《アタッカー》か……！」

どちらもネットゲームの基礎と言えるタイプだ。

様々な技やスキルで戦う俺とは大違いだな。

「ユーリッ、加勢するぞ！」

「おっと、僕を放置しないで欲しいなぁッ！」

ザンソードが駆けつけんとするが、双鎌《そうれん》を手にしたアンジュに阻まれる。

剛拳によるラッシュから抜け出せない……！

前だけでなく横合いからもパンチが放たれ、盾をすり抜けて何度も攻撃を喰らわされる。

「アリスさんを傷付けたヤツめぇえッ！　これで終わりだぁぁあぁぁあああーーーッ！」

だがそこで、不意にアラタの拳が大振りになった。

盛大に後ろに引き絞られるヤツの右腕。それが炸裂《さくれつ》するまでの間、思考と行動のチャンスが訪れる。

〝あの大振りは何だ!?　感情の昂《たか》ぶりが抑えられなくなったのか。あるいは罠《わな》か。罠だとしたら、ここで大きく後退して距離を稼ぐチャンスか。いや――！〟

思考を巡らせること一瞬。俺は行動を決定した。

たとえアイツが殺意に燃えすぎてミスったとしても、あるいは何らかの罠だとしても、下がってばっかなんて男らしくないだろ。

「敵が隙を見せたんならッ、攻めるのみじゃオラァーーーッ！」

俺は拳を握り固めた。地面を強く、強く踏み込む。

そうだ、距離を取るにしても、下がるだけが手じゃない。敵を殴り飛ばせばダメージまで与えられるじゃねえかよ！

〝さぁアラタ、今度は俺の拳を喰らいやがれ！〟

そう考えながら、拳を突き出した――その瞬間、

「ああ、勇敢なキミなら攻めてくると信じていた」

ズパァァァアンッという衝撃音が、戦場に響く。

されどそれは、俺の拳がアラタの身体《からだ》に突き刺さった音ではない。

いつの間にかヤツの左手に握られていた大剣に、拳を防がれた音だ。

「っ、その、大剣は……」

スキンヘッドに弾かれたものじゃ……。そう呟《つぶや》かんとしたところで、俺は気付いた。

足元の近くに、刃が突き刺さっていた跡があることに。

――つまりアラタは、大剣が吹き飛ばされた場所まで俺を誘導していたのだ。

ときおり放たれる横合いからの拳は、軌道を修正するためでもあったわけだ。

「はっ、はは……おまけに振り上げた右腕に視点を集中させて、その間に左手で剣を回収か……！」

完全に踊らされていた……。しかも先ほどの静かな口調を考えるに、取り乱しているのも演技だったか。

いずれにせよもう遅い。フェイントのために引き絞られていた拳が、俺へと迫り……、

「悪いがこっちは、何年もオンゲーをやってる老兵でな。若いヤツには、負けられないんだよ――ッ！」

盛大に炸裂する悪鬼の剛拳。

防御値ゼロの俺の身体に突き刺さり、胸元で爆弾が破裂したような衝撃が走る。

「がッ、はぁぁあああーーッ!?」

俺の脳裏に過《よぎ》る最悪。

食いしばりスキルの適用外――アバターの粉砕による一撃死。

その可能性を身体に走る衝撃から感じながら、俺は吹き飛ばされていった……!

第九十四話　若人の意地

「――驚いたな。確実に殺せると思ったんだが……」

アラタの声が遠方より響く。

一撃死不可避の絶殺拳。俺は盛大に吹き飛ばされながらも、その衝撃に耐えきっていた。

「ああ……俺には、素敵な仲間たちがいるからな」

背中から突っ込んだ瓦礫《がれき》の中より、ふらふらと身を起こす。

――拳を打ち込まれんとした瞬間。自動浮遊する武器霊・ポン太郎が間に入って緩衝材となってくれた。

さらには足装備に宿ったマーくんが咄嗟に後ろに跳ね、ダメージを軽減してくれたのだ。

おかげで俺は生き延びることができた。

『キシャーッ！　キシャシャシャーッ！』

『――ッ！ツッ――！』

〝姐《あね》さんにはあっしらがついてやす！〟〝さぁ逆転しようか主《あるじ》よ！〟と、雄々しく吼《ほ》える使い魔たち。

そんな彼らを見て、仮面の悪鬼は笑みをこぼした。

「はは、意思を持った使い魔たちか。古いゲームからやってきたオレやアンジュちゃんにはない力だな」

羨ましいじゃないかとアラタは言う。

「意思を持つほどの高知能ＡＩ。ソレをそこらのＮＰＣや使い魔たちにまで搭載したブレスキ運営の技術力は異常だ。

ペンドラゴンのアホも言ってたぞ、『普通なら山のように巨大なサーバーが必要になるはずだ。彼らの技術は、私を上回っている面すらある』ってな」

「マジか」

ああ、やっぱりすごいことだったんだなぁ、使い魔やらがみんな意思を持っているのって。

色々と残念なところがある運営だが、技術力だけは本当にビキビキなんだなぁ。

「まぁ、だがしかしだ、若人《わこうど》よ。使い魔たちが高性能な分、彼らに甘えてきたんじゃないか？　そんな甘ちゃんにオレたちは倒せんぞ」

「ハッ、馬鹿言えよ」

わかりやすい挑発を一笑に付す。

周囲に武装を展開し、ＶＲ界に巣食い続けてきた悪鬼を強く睨《にら》む。

「逆だぜ老兵。俺はいつだって本気で戦ってきた。優秀な舎弟どもに見合うように、親分足るべく全力でな」

　そして使い魔だけじゃない。俺に憧れてくれた連中や、俺がぶっ倒してきた者たちのためにも、俺は常に『最強の俺』を目指し続けてきた。

　どんな不幸も苦難も撥《は》ね除《の》け、その背中に続きたくなる存在。それが俺の理想とする俺だ。

　ゆえに、

「覚悟しろよアラタ。俺はもちろん、俺の背中を追い続けてきた宿敵《ライバル》たちは、お前なんか目じゃないくらいに強いぞ」

「なんだと――、ッ!?」

　アラタが大きく飛び退《の》いた。次の瞬間、彼が立っていた地面がクレーターのごとく穿《うが》たれる。

　突如としてでき上がった陥没地帯。その中心には、『鬼』と化した頼れる漢《おとこ》が立っていた。

「――スキル発動、【鬼神化】。さァ、鬼さん同士殺し合おうや……！」

　赤き闘気を身に纏《まと》い、額より角を生やしたスキンヘッド。

　切り札の強化スキルを解き放った親友が、再び戦場に舞い戻った。

　さらに、

た。

「あづぅッッッ!?」

身体を焦がしたアンジュが後退する。

そちらを見れば、全身より蒼《あお》き炎を噴き出したザンソードが、鋭い視線で彼女を見ていた。

「――必殺アーツ発動、『アルティメット・ファイヤ・エンチャント』。死なぬのならば、焼き尽くすのみよ……！」

蒼炎《そうえん》の剣神と化したザンソード。彼の炎熱を受けたアンジュの身は、先ほどのように高速で治ることはなくなっていた。

彼女の有する回復スキルと『火傷《やけど》』の状態異常が食い合っているのだろう。「やられたなぁ……」とアンジュは呟く。

「覚悟しやがれ、先輩がた」

誇らしき戦友二人と共に、最強クラスの熟練コンビに言い放つ。

「俺たちの戦いは、ここからだ――ッ！」

◆　◇　◆

『終わらせてやる――ッ！！！』

ＶＲ界の熟練プレイヤー二人との、最後の激突が始まった。

単純な腕前だけなら敵《かな》わないことはわかっている。高性能な使い魔然《しか》り、向こうの二人は便利な機能の少ない世界でトップを張ってきたんだ。『武道』の達人と言っても過言ではない。

ならばどうするか？　決まっている。

「「「俺たちの得意を、押し通すッ！」」」

一番槍《いちばんやり》にスキンヘッドが突っ込んだ。地面を爆砕させながらアラタに迫る。

「死ねやァーーーッ！」

今のアイツはステータスが何倍にも膨れ上がっている。

悪鬼を超える鬼神となり、アラタに対して超速のラッシュを浴びせかけた。

無論ほとんどの拳は防がれ、逸《そ》らされ、カウンターを喰《く》らうも、だからどうしたと攻め続ける。技術の格差を身体一つで押し返す。

「スキル【鬼神化】を使ったからにゃぁ、オレ様は一分後に死ぬッ！　だったらこの一分間、戦場で最も輝くのみよォッ！」

「フハッ、熱いなぁアンタ！」

負けじとラッシュを放つアラタ。豪速の拳が二人の間でぶつかり合い、戦場に轟音《ごうおん》を響かせた。

「こちらも参るぞッ！」

対してザンソードもアンジュに迫る。

俺たち三人の中で純粋に強いのは、実はアイツだ。

なにせザンソードもまた歴戦のＶＲプレイヤー。プレイ時間だけなら最強コンビにも負けていないのだ。

「貴様らと違い、拙者はどんなゲームでも『トップ勢』止まりだった！　真のトップにはなれなかったッ！　だがそれゆえにっ」

灼熱《しゃくねつ》の連斬をアンジュに浴びせかける。

そのほとんどを防ぐアンジュ。トップ勢とトップの違いを見せつけるように、変則的な両鎌さばきで攻撃をいなし、ザンソードの放つ熱から逃げようとする。

されど、炎の侍は喰らい付き続けた。一歩足りない技術を、培ってきた廃人根性で補って。

「逃がさんぞオンナァッ！　もはやゲームでトップに立たねば、拙者の人生底辺なのだァッ！　ゆえに殺すッ、焼き尽くすまで追い縋《すが》ってやるッ！　せめて二次元では勝ち組にさせろォオオオオオッ！！！」

「ひえッ!? こっ、攻撃が重いッ！ 色々な意味でこの人やばいッ!?」

リアル事情という名の未知なる気迫に、アンジュが悲鳴じみた声を上げた。

彼女が下がらんとしたら迫り、時には身体《からだ》を裂かれながらも超接近を続けるザンソード。常に唇が触れ合いそうなほどの距離を保ち続け、炎熱によってアンジュの再生力を無力化させる。

かくして、両グループの勝負は伯仲する。

ステータスと気合いで押すスキンヘッドと、炎とプレイ時間と執念で迫るザンソード。片やゴリ押し、片やストーカーじみた戦術により、最強コンビと互角に戦う。

「「さぁ、ユーリッ！」」

戦友二人の声が響く。今が好機《チャンス》だと言外に叫ぶ。

──俺の打つだろう手を汲《く》み取ってくれた彼らに、心からの感謝を捧《ささ》げる。

「あぁ、行くぜポン太郎たちッ！」

片手に弓矢を握り締め、もう片方の手に複数本の矢を握る。

さらには周囲に七つの武装を展開させた。それら全てが、妖しく輝く。

「俺の自慢の使い魔たちだ。歯ぁ食いしばれや、先輩がた」

「なっ、まさかっ」

ハッとする二人だが、もう遅い。

スキンヘッドとザンソードが両手を広げると、彼らのことを押さえ込んだ。万力の力で最強コンビをその場に留《とど》める。

「ッ、ユーリ、キミは仲間ごとオレたちを……いや、そうか」

そこでアラタは思い出したようだ。

この大戦で用いられる特殊武器、『魔鋼武装』と『神鉄武装』の能力に。

「その武器でならば、味方にダメージを与えることがない……だったか。ハハ、ならばこんな戦法もありか。こいつは一本取られたなぁ、アンジュちゃん」

「うん、悔しいけどやられたねぇアラタさん。……あとこのザンソードって人、鼻息荒いんだけど通報していい？」

微笑を浮かべるアラタとアンジュ（後者は苦笑気味だが）。

降参だと呟《つぶや》く彼らに、俺は照準を合わせた。

ポン太郎たちの分身スキルにより、無数の武器群が完成する。

――予想外の手で敵を出し抜くこと。そして、使い魔たちや本気で殺し合った宿敵《ライバル》たちと以心伝心に通じ合えることこそ、俺の強みだ。

「数の利がある上、特殊ルールがなかったら使えない手だったさ。本当は真っ向から倒したかったんだけどな」

「なぁに、勝負なんて勝ったもん勝ちだろ。――だから誇って進めよ、ユーリ。新しい時代の主人公《トップ》としてな」

見つめるアラタに、俺は真《ま》っ直《す》ぐに視線を返した。

弓矢の弦を引き絞る。力の限り、強く、強く、一心に引き……そして、

「またやろうぜ。アラタ、アンジュ！」

終わりの一撃を、解き放った――！

第九十五話　衝撃の真実

――ユーリたちが決着をつけた頃。ヤリーオとクルッテルオもまた戦いを終えていた。

「ふぃ～、やってやったっスよ……！」

「しんどかったぁ……！　情報ギルドのボスのくせに、なんで戦闘力まであんのよ」

肩で息をする二人。されど彼らの視線の先には、致命傷を負ったマーリンの姿が。

二人はトップ勢の意地に懸け、女神側の強敵を打倒することに成功したのだ。

「ハァ、やられたわぁ……。全力を出して負けると悔しいものねェ」

光の粒子と化していくマーリン。「今度本気で鍛えようかしら」と呟く。

そんな彼に、クルッテルオが鼻高々に近づいた。

「ふふん、大戦のほうも私たちが勝ってやるんだからっ！　アンタとペンドラゴンが考え出したっていう、地獄の戦術も乗り越えたわけだしね～」

「地獄の戦術……あぁ、『浸透戦術』のことかしらン？」

浸透戦術――それは第一次世界大戦の頃に開発された攻め手の一つである。

特殊兵器による支援攻撃を行いながら、全方位より歩兵を前進。そして穴の開いた部分から雨水のように洩《も》れ込んでいく様から、浸透戦術と名付けられた。

今回、女神側が行った策もまさにそれだ。特殊兵器の代わりに偽ユーリ軍団の『ジェノサイド・バード』を用い、ゲーム世界で再現してみせたのだ。

「キリカにやられて負け犬エリア送りになった時、掲示板を覗《のぞ》いたら書いてあったわ。『ペンドラゴンはあえて背後から壁が迫る状況を作り上げ、味方プレイヤーたちが全力にならざるを得ない地獄の行軍をさせた』って。それで数に勝る自軍から、慢心や甘さを取り除かせたとか」

敵も味方も地獄みたいな気にさせるとか、とんでもない奴《やつ》ねーとクルッテルオは呆《あき》れる。

「でも、ユーリが頑張ってくれたおかげで、『ジェノサイド・バード』の爆撃による死者はゼロに終わった。結局こちらはほとんど数を減らすことなく白兵戦に持ち込めたんだから、もう打ち破ったようなもんよ！」

薄い胸を張るクルッテルオ。敵軍の知将を倒せたことに、酷《ひど》く上機嫌なようだ。ヤリーオのほうも「目立てた目立てたっ！」と鼻息を荒くしている。

そんな二人に対し――マーリンは光と消えながら、ぽつりと一言。

「まだ、地獄の策は終わってないわ」

「「え」」

二人の身体が固まった。思わぬ一言に、思考が数秒空白となる。

「え、え……？」「終わってないって、どういうことッスか……？」

困惑しながら問いただす二人。しかしマーリンはもはや消えるまで秒読みだった。それに教えてやる義理もない。

されど、

「まぁ、もう間に合わなさそうだしね。アタシを倒したご褒美として、これだけは教えてあげるわン」

身体が砕け、天へと昇っていくマーリン。

唇が粒子と化す刹那、最後に一つだけ言い残す。

「この世界にも、宇宙ってあるのよ？」

◆　◇　◆

「――はぁぁぁ、スキンヘッドくんとの戦いに熱中し過ぎたのが敗因だな。昔のオレなら、どんな不意打ちにも反応できたんだが」

「お、昔はすごかったアピールか老兵？」

「うるせぇ新兵、少し鈍ってただけだ。お前今度はサシで挑むからなユーリ」

悔しげに睨《にら》んでくるアラタに「バッチコイ」と返してやる。

戦いは終わった。特殊ルールに乗じた形ではあるにしろ、俺たちはＶＲ界のベテランに勝利することができた。今や、アラタもアンジュも昇天を待つだけの身だ。アンジュのほうをちらりと見れば、ザンソードが何やら話しかけていた。

「おぬしは強かった。あと抱き締めたとき柔らかかった」

「ひえ」

捕まってしまえ。

……まぁその後すぐにスキンヘッドが蹴っ飛ばしてくれたけどな。

そんな仲間たちを見て、アラタがなぜか笑みをこぼした。

「ふふ……キミの友達は面白いな、ユーリ。ウチの弟にも、あんな愉快な友人たちができるといいんだが」

「へえ、弟いるのかよアンタ」

「ああ、ちょっとネガティブ気味なヤツがな。

そうだ、今度ブレスキを勧めてみることにするよ。どんな苦難にも負けないキミの姿を見せたら、元気を出してくれるかもだからな」

へ～そりゃいいや。俺がビシバシ鍛えなおしてやるぜ。

そんな話をしていたところで、いよいよアラタは光の粒子と化していく。

「ちなみに、ユーリ。ペンドラゴンは本気でキミを愛しているぞ」

「へー……んンッ!?」

とんでもない一言に咽《むせ》てしまう。

えっ、愛!? 愛って、えッ!?

「アイツとは昔からの付き合いなんだが、オレはアリスさんを選んじゃったからなぁ。それに最近は結婚資金を溜《た》めるために仕事漬けで構ってやれなかったし、相当こじれてたんだろう、うん……」

「うんじゃねーよッ! え、愛ってあの愛なの!? ラブって意味での愛なの!?」

「ああ」

いや、いやいやいやいやいやいやいやイヤー……あー、うん……まぁ、喫茶店での別れ際、俺の言葉にアイツがめちゃくちゃルンルン気分で去っていくのは見ていた。

自分はどうしようもない女だ、期待した相手を追い詰めすぎて壊してしまう――と吐露した彼女に、手を握りながら「俺のために頑張ってくれてありがとう。俺は絶望が大好きだからお前のことめっちゃ好きだぜ」的なことを言ったら、ちょっと泣きそうなくらいに瞳を輝かせていた。

その後、額にキスまでされたしな。うん。

「――って、ああああああああッ!?　お、俺落としてた!?　アイツのこと落としてたのッ!?」

「心当たりがあるようだな。まぁ受けいれるにせよ断るにせよ、どうか強い意志を持ってくれ。本気のアイツはもう滅茶苦茶《めちゃくちゃ》だぞ」

「うるせーよわかってるよッ！」

くっそ、あのあらゆる手を使ってくるペンドラゴンにガチアプローチされたら、リアル住所調べられてベッドに潜り込まれてもおかしくないぞ!?

今度ウチに婚約者を連れてくるっていう兄ちゃんに対して、俺も婚約報告カウンターを決めなきゃいけなくなるぞ!?　婚約報告カウンターってなんだチクショウッ！

「そ、そりゃアイツはめちゃくちゃ綺麗《きれい》だけど……えぇ……？」

まさかの情報爆弾に頭を抱えてしまう。

そんな俺を放置して、天へと昇っていくアラタ。本当にとんでもない事実を教えてくれたものだ。

ゆえに俺は、彼のことを恨めしげに目で追ったことで……気付いてしまった。

「さぁユーリ、そろそろ気合いを入れなおせよ。――極上の愛が、堕《お》ちてくるぞ」

アラタの言葉を耳にしながら、『始まりの街』の空を見上げる。

そこには、無数の巨大槍《やり》が流星の如《ごと》く落ちてきていた――！

第九十六話　終わりの空

『な、なんだありゃーーーーーーーーーッ!?』

戦場に悲鳴がこだまする。

誰もが戦いをやめ、終わりの空を前に震えた。

――マーリンより、『ブレイドスキル・オンライン』の歴史は聞かされていた。

彼曰《いわ》く、『北欧神話』の世界に『クトゥルフ神話』の宇宙神・アザトースが攻め込んできたというストーリーらしい。

世界に蔓延《はびこ》る怪物《モンスター》たちも、アザトースのスペースファンタジー的超技術によって生み出された存在だとか。

うんうん、そこまではわかる。少し突飛だが理解できない設定ではない。

SFを絡めた世界観いいじゃないか。宇宙って聞くとワクワクするしな。

メタ的な話、ファンタジー世界にはなさそうなメカメカしい武器を実装したい時にも、『宇宙技術で作りました』ってことにすればいいしな。そういう意味では幅の利く設定だ。

うん、宇宙って概念があるのはいい。それはいいんだが……、

「……宇宙って、エリアとしてちゃんと存在するのかよッ!?　ペンドラゴンの奴そんなところにいたのかッ!?」


天の果て——成層圏より落ちてくる無数の巨大槍を見上げ、俺は盛大に突っ込んだ！

まったくの盲点だった。空の高さがどれだけあるかは気になってたが、まさかそこまで行けるとは思わなかった。

あの白ずくめで美人で超絶目立つペンドラゴンが見つからなかったのも納得だ。どんな方法を使ったのかは知らないが、宇宙に行かれたら探しようがない。

「はっ、はは……。世界を覆うダメージエリアも、ドーム状じゃなくて壁だ。世界の中心の、そのまた空の上まで行けば、イベント終了まで影響を受けることもなくなる……！」

誰もが右往左往する中、俺は静かに『敗北』を実感する。

ああ、認めよう。

戦略面では完全にこちらの負けだ。

発想のスケールが違いすぎる。

「流石《さすが》は、ＶＲゲーム界最古の女王」

電脳世界に降り立ってから二か月程度の俺では、考えられない策略だ。

ペンドラゴンの奴は味方ごとプレイヤーをこの街に縛り、誰も逃げられなくなったタイミングで絶滅させる気だったんだ。

あぁクソ負けた。戦略面ではお前の勝ちだよ、ペンドラゴン。

でもっ！

「バトルそのものの勝敗までは、絶対に譲ってやるものかよ。――盾よッ！」

俺は絶対に諦めない。最硬度の盾を七枚、頭上に展開する。

さらには盾を強化する防御系アーツ『閃光障壁《せんこう》』をＭＰの限り唱え続ける。

「『閃光障壁』『閃光障壁』『閃光障壁』『閃光障壁』ッ！　今さら逃げることは間に合わない……だったら足掻《あが》きまくってやらぁッ！」

頭上に迫る極大殺意の流星群。大気圏摩擦に炎上し、真紅に燃えた槍の豪雨が視界を満たす。

いよいよそれらに押し潰される三秒前まで、俺は防御を固め続けた。

「さぁ、生き残れるかは賭けだ！　俺の運に命を懸ける――――！」


そして、ついに訪れる運命の時。

冷や汗を流す俺の前に、二人の男が立ち……、

「馬鹿言えユーリ。不運なオメェは運じゃぁなく、オレ様たちを信じろや」

「ああ――拙者たちの命を、おぬしに捧《ささ》げよう」

背中越しに微笑《ほほえ》むスキンヘッドとザンソード。

彼らは拳と刀を構え、こちらに向かう巨大槍へと飛び掛かった――――！

「お、お前らっ!?」

そんな宿敵《とも》たちの雄姿を最後に、俺の身体《からだ》は衝撃によって吹き飛ばされた……。

◆
◇
◆

『きっ――緊急アナウンス、緊急アナウンスッ！　どうも、運営ＡＩのナビィです！　配信動画および負け組エリアにて実況を行っていたのですが、異常事態につき戦闘エリアにも声をお届けする次第ですっ！』

灰と土煙の立ち込めた世界。その上空にナビィは現れた。

しかし、彼女を見上げる者はいない。十万を超えるプレイヤーたちが争っていた戦場はもはや、粒子化していく死体の山で埋め尽くされていた。

ナビィの焦った声だけが響き続ける。

『つい先ほど、女神側の総大将たるペンドラゴン様の攻撃により、多くのプレイヤーが一気に死亡しました。ただいま死傷者数を計算中です。また数万を超える死亡者たちの一挙エリア転送に伴い、サーバー負荷で少しラグる可能性が……って、聞いてる人いますかー!?　みんな死んじゃったんですか!?』

もしかしてイベント終わりッ!?　こんな唐突な形でー!?　と涙目で騒ぐナビィ。

――そんな彼女に対し、俺は瓦礫《がれき》を押しのけながら声をかけた。

「いいや、ここに一人生きてるぜ」

『アーッ、ユーリさん!?』

ナビィの顔がぱぁっと輝く。

おいおいなんだよ、俺が生きてることがそんなに嬉《うれ》しいのか？　心配してくれてたのか？　と思ったが、しかし、

『ふぅーよかった！　これで世界中の視聴者様たちにまだまだブレスキを宣伝しまくれますっ！　あんな終わり方じゃ唐突過ぎますしねー！』

「ってうぉい」

宣伝面での心配をしてただけかよ。相変わらず商売根性たくましいというか、運営の犬なAIだなオイ。

まぁコイツのことはいいや……。

「……スキンヘッド、ザンソード。おかげで生き残ることができたぜ」

亡き戦友たちに感謝する。あの殲滅《せんめつ》攻撃から生き残れた理由は、間違いなくあいつらのおかげだろう。

俺に向かって堕ちてくる巨大槍の勢いを減衰させてくれたからこそ、ボロボロながら死なずに済んだ。

「――うぇぇえぇぇぇんっ、だれかたすけて～～～……！」

と、そこで。近くのクズ山から知っている声が響いた。

折り重なった瓦礫をどけると、そこにはウチのロリ職人・グリムの姿が。

彼女は俺と目が合うや、ガチ泣きしながら抱き着いてきた。

「あぁぁぁぁぁっこわかったよぉまおうどのぉおおおーー！　いきなり槍が落ちてきてっ、ドカーンッてなってぇ～！」

「あぁーよしよし、落ち着けグリム。もう大丈夫だからな」

土埃《つちぼこり》を払いながら頭を撫《な》でる。あの大規模攻撃の中、よく生き残れたものだ。

グリムはしばらく泣いた後、ある物を俺に差し出してきた。

それは、レンズが割れて壊れきった眼鏡だった。

「こいつは……フランソワーズの……」

「うん、わたしのことを庇《かば》ってくれて……」

「そっか」

もう一度優しくグリムの頭を撫でる。

この子の姉貴分はしっかりと意地を貫いたらしい。

アイツのためにも負けられないな。この絶滅大戦にケリを付ける。

「おいナビィ。今、地上で生き残っているのは俺たちだけか？」

『えぇとー……あっ、いえ！　まだ百名ほど残っています！』

手元のウィンドウを見るナビィ。どうやら人数確認が終わったようだ。

なるほど、百人か。結構な数が生き残ったもんだな。まぁ攻撃前は14万人くらいだったんだから、生存率で考えたら1％以下になるが。

「ちなみにその百人だが、魔王側プレイヤーと女神側プレイヤーの割合はどうなってる？」

『そ、そこまで教えるのはルール上……』

ナビィの表情が気まずいものになる。それだけで答えは大体わかってしまった。

はたして次の瞬間、周囲一帯より武器を構えたプレイヤーたちが姿を現した。

彼らは得物の切っ先を、一斉に俺とグリムに向けた。

「……こいつら全員女神側プレイヤーか。ま、こうなってもおかしくはないよな」

元々、女神側のほうが数万人単位で多かったんだ。そりゃ向こうのほうが多く生き残るってもんだろ。

それに……、

「アラタみたいに、一部のプレイヤーはあの攻撃が来ることを知ってやがったな。そうすりゃ防御を固めるくらいはできる」

「――ええ、ご明察ですよユーリさん」

俺の呟《つぶや》きに、赤ずきん姿の女神側プレイヤーが応えた。

って、こいつ見覚えがあるぞ。たしか少し前にぶっ飛ばしたバーチャルアイドルのアカヒメだったか。

取り巻き連中がわんさかいたために、死亡確認まではできてなかったな。

「アナタの推測通りですよ。ペンドラゴンさん選《よ》りすぐりの精鋭メンバーのみ、あのアホみたいな攻撃は教えられていました」

「なるほど、誰も彼もに教えてたら情報が洩《も》れるかもしれないからな」

となるとこのアカヒメってアイドルさんも、ペンドラゴンが見込んだプレイヤーの一人ってことになるわけか。

どうしてアイドルが……と考えたところで、ザンソードのオタクトークを思い出した。

「あぁ。そういえばアンタも、元祖ＶＲＭＭＯ『ダークネスソウル・オンライン』のプレイヤーだったらしいな。ペンドラゴンとはその繋《つな》がりか」

「おやっ、よく知ってますねぇ。もしかして私のファンだったりします？」

「いや、バーチャルアイドルにハマって会社クビになって人生の壊れたオタク侍が言ってた」

「なにその人こわッ!?」

ガチめにドン引くアカヒメ。もしもこの反応をザンソードが知ったら、きっと傷付く……ことはないいな、うん。あいつのことだからマゾに覚醒することだろう。

「ゴホンッ……まぁそのやばい人の言う通りですよ。ペンドラゴンさんとは昔馴染《むかしなじ》みですし、私も流行のゲームで宣伝したかったところですからね。今回の戦いに加わらせていただきました。というわけで」

アカヒメは両手を広げた。すると左右の手中に、二丁のボーガンが現れる。

「お空の上のペンドラゴンさんには会わせません。なぜならアナタは、宣伝のために私の手でぶっ倒すからです☆」

可愛《かわい》い笑顔でバチバチの殺意を飛ばしてくるアカヒメ。

運営ＡＩのナビィといい、最近の女子は商売根性たくましいなぁオイ。

「いいぜ、やってやるよ」

アカヒメを始め、選りすぐられた女神側プレイヤーたちを睨《にら》みつける。

ペンドラゴンのところにまで行く方法は思いついたからな。こいつらを排除して、好き勝手してくれたアイツに一発かましてやる。

――そう思いながら武器を構えたところで、不意に小さな人影が俺の前に歩み出た。

妹分のグリムだ。彼女はボロボロの身体を震わせながら、俺を庇うように立つ。

「魔王殿よ。残る気力は、全てペンドラゴンにぶつけよ。こいつらの相手は我が務める」

「って、グリム、お前それは……」

無茶だ、という言葉は出せなかった。

その背中から伝わる気迫は本物だ。グリムは壊れたフランソワーズの眼鏡をしまい、両手に巨大槌《づち》を顕現させた。

「職人としてのライバルに……大好きなフランソワーズお姉ちゃんに生かしてもらった命だ。ならば私も、お姉ちゃんと同じくらい大好きな、ユーリさんのために死んでみたい」

「グリム……」

百人近くの敵を睨みつけるグリム。これまでの乱戦とは違い、一方的なリンチに近しい状況だ。

俺からしたらこれくらいの数の暴力は慣れているが、戦場にほとんど出たことのない彼女からしたら、どれほどの恐怖だろうか。

恐れを隠すことができず、小さく震える彼女の姿に、アカヒメが気まずそうな表情をした。

「ってなにその子、明らかに怯《おび》えてるじゃないですか。ねぇユーリさんやめさせてくださいよ、そんな子一人をボコるのはちょっと……」

「――だったら」「その子一人じゃなければいいンすね？」

その時だった。グリムの両側に、さらに別のプレイヤーが現れた。

酷《ひど》くボロボロの後ろ姿。だがその背には見覚えがあった。

「お前らっ、クルッテルオにヤリーオ！」

魔王側のトップ勢二人だ。女神側のマーリンと戦っていたはずだが……、

「どうにかアイツを倒すことができたわ。そしたらマーリンのヤツ、宇宙がどうとか言い残してね」

「空を見上げたらデカい槍《やり》がいっぱい落ちてきたもんだから困ったっすよ。でもおかげで、いち早く身を守ることができたっス」

ニッと笑う二人。どちらも傷だらけの有り様だが、それでも心からありがたい。

もうこの地には俺とグリムしか魔王側プレイヤーはいないと思ってたからな。

――さらに、

「悦《よ》い修羅場だのぉユーリよ！　ワシも交ぜるがいいッ！」

暴龍、鳳凰《ほうおう》、魑魅魍魎《ちみもうりょう》を象《かたど》った矢の雨が、女神側プレイヤーたちに降り注いだ――！

そして戦場に響く哄笑《こうしょう》。その笑い声のするほうを見れば、興奮に狂う天狗面《てんぐめん》の男が瓦礫

の上に立っていた。

「アンタは、天狗仙人っ！」

「よォユーリよ。相変わらず暴れているようだのぉ」

顎髭《あごひげ》を撫でる天狗仙人。俺に強力なアーツを教えてくれた師匠ＮＰＣだ（※なお師事時間は二十分）。

前回のイベントと同じく、好感度が最大限近くなったＮＰＣに何人か協力を仰ぐことができる機能があったため、登録してはいたんだが……。

「アンタ今まで何やってたんだよ!?」

「隠れながらチマチマ撃って一方的な殺しを楽しんでた」

「陰湿ッ！」

なんて爺《じい》さんだと呆《あき》れてしまう。

最初は『暴力衝動に喜悦する自分を忌避し、山で孤独に自制していた』――的なキャラだったんだが、俺とのバトルでハッピーになったせいで完全に凶悪性を取り戻したようだ。

「……ここは任せて大丈夫か、天狗師匠？」

「応よ。――宿敵を待たせているのだろう？　ならばさっさと行って、盛大に殺し合って来い」

「ああっ！」

ヤリクルコンビに加え、この人がいればグリムも安心だ。

それに師匠キャラが仲間になっていたことに、女神側のプレイヤーたちは動揺していた。

「っ、強力な師匠NPCをどうやって仲間に……」

「だ、だがそいつを含めても数人ぽっち！　その程度の戦力で、足止めできるとでもっ！」

「もう魔王軍の味方はいないはずだ！　その程度の戦力で、足止めできるとでもっ！」

自分たちを鼓舞するように叫ぶ敵軍。だがその時、

「アタシたちがッ！」

「倒すと誓ったライバルにっ！」

「モブども風情が手ぇ出すなやぁッ！」


三つの剣閃《けんせん》が敵軍を襲う！　超パワー・超スピード・超テクニックの刃が奔《はし》り、女神側プレイヤーたちを斬り飛ばした――！

突然の攻撃に混乱する女神軍。だが彼らと同じくらいに、俺のほうも困惑していた。

なぜなら敵軍を襲ったのは、魔王側のプレイヤーではなく……、

「お、お前たちは……シル！　コリン！　キリカっ！」

そう。俺がこれまで倒してきた、女神側のライバルたちだった。

彼女たちは『神鉄武装』ではない普通の刃を握り、俺を守るように眼前に立つ。

「さっきぶりやねぇ、ユーリはん。そこの隠密《おんみつ》の嬢ちゃんに聞いてへんか、敗者復活イベントがあったって」

キリカの視線を向けられ、彼女に殺されたというクルッテルオがビクッと震えた。

ああ、そういえばそんなこと言ってたな。それで三人は生き返ったわけか。

「だけど、どうして俺の味方を……」

「おっとユーリさん！」「勘違いしないでよね？」

俺の疑問に、今度はコリンとシルが答える。

「わたしたちはただ、女神側が気に入らなくなっただけですよ。ていうか大将のペンドラゴンさんが！」

「だってアタシら——あの隕石《いんせき》攻撃のこと、教えられてないんだものッ！　あの女っ、最初からアタシらを使い捨てる気だったわけよ！」

プンスカと激怒する少女コンビ。隣のキリカもうんうんと頷《うなず》いている。

あぁそういうことか……そら不満もあるわなぁと俺は納得した。

だが、そんな彼女たちの回答に「それだけじゃないでしょう？」と声がかかる。

「って、お前は、アリス！」

「どうもユーリさん。私も復活しちゃったわ」

俺の隣に立つ逆鱗《げきりん》の女王・アリス。グリムよりも幼そうな容姿をしているが、魔王側プレイヤーを山ほど屠《ほふ》った実力者だ。

可愛らしく微笑《ほほえ》みながら彼女は語る。

「負け犬エリアでご一緒したんだけど、そこの三人ってばユーリさんのことが大好きでね。アナタに負けたことを愚痴りつつ、『やっぱりあの人は最高の目標。機会があったら、今度は仲間として戦ってみたい』って」

「「「わーっ！　うるさいうるさいっ！」」」

顔を赤くして喚《わめ》く三人。なんだこいつら可愛いなーおい。

……あとこいつらに隕石落としが伝わってなかったのは、たぶん実力が足りないからじゃなく、負けず嫌いすぎるからだろう。彼女らこそは今回、自分こそが俺《ユーリ》を倒してやりたいと挑んできたわけだからな。自分たちも攻撃を喰《く》らう上に獲物を持ってかれるような策に乗るようなメンツじゃない。

「ふふ、ちなみに私も同じ気持ちよ。アラタくんもアナタのことを気に入っていたようだしね。と、いうわけで――」

アリスの周囲に魔法陣が浮かび上がる。キリカの刀が斬魔の波動を纏《まと》い揺らめく。シルとコリンが手を繋《つな》ぎ、凄絶なる闘気を放つ。

実力者たちの寝返りに、選《よ》りすぐりの女神側プレイヤーたちがたじろいだ。

「……ありがとうな、みんな」

誇らしき仲間たちに礼を言う。本当にみんな大好きだ。

俺は背を向けると、最後にグリムに声をかけた。

「敵の総大将をブッ殺してくるぜ。だからグリム。お前はみんなと力を合わせて、残りの連中を皆殺しにしてやれッ！」

「っ、あぁ！　魔王殿が眷属《けんぞく》として、全員血祭りにしてくれるわーっ！」

高らかにハンマーを振り上げるグリム。他の仲間たちも、武器を構えて敵軍を威嚇する。

最高に頼もしい戦友たちだぜ。おかげで残る気力と手札の全てを、ペンドラゴンにぶつけられる。

「さぁ、行ってやろうか宇宙に！」

俺は視線を上げると、敵軍のシンボル『女神の霊樹ユグドラシル』に向かって駆け出した――！

第九十七話　天の果てへ

「行くぞ、ウル太郎」

『アォオオーーーーーンッ！』

呼び出した使い魔の背に跨《また》がり、『始まりの街』を駆け抜ける。

もはや街並みは変わり果てていた。

戦火によって焼かれ、砕け、あらゆる建物が崩れ去っていた。

あぁ、だけど。

「ははっ、どこもかしこも懐かしいなぁ……！」

過ぎ去っていく風景に笑みがこぼれる。

胸に感じる思い出は、何も色褪《いろあ》せてはいなかった。

「あそこの路地は、キリカと追いかけっこをしたところだな。あっちの崩れたボロ小屋は、グリムが前に使ってた奴《やつ》か」

どこも本当に印象深い。

戦いに明け暮れてきたはずの俺なのに、いつの間にか、たくさんの人たちとの思い出があった。

「そこの修練場では、コリンとシルとバトルをしたことがあった。あっちの広場では、ザンソードと一緒に絶滅大戦の開催前イベントを見たっけな。アイツずっと俺の手を握ってきやがって」

過去を振り返りながら前に進む。

この街で、この地で、このゲームで、俺は愉快な連中と巡り会うことができた。

おかげで今の俺は、どんな不幸にも負けない心を手にできていた。

「あぁ、あの残骸の山はたぶん、俺に特注の装備をくれたフランソワーズの店で——そしてあそこの噴水は、スキンヘッドと初めて出会った場所か」

親友《とも》の存在に感謝しながら、ついに俺は始まりの場所を通り抜ける。

さぁ、『女神の霊樹ユグドラシル』まであと少しだ。壁のように反り立った太い根元はすぐそこだ。

気合いを入れろ、『魔王ユーリ』。俺の戦いを見てくれている全ての者に、熱い勇姿を見せつけてやれ。

もしもかつての俺みたいにヘコんでるヤツがいるんなら、そいつの心にも付けてやるぜ。戦友達《みんな》からもらった負けん気の炎をなぁッ！

「やるぞウル太郎っ、ユグドラシル目掛けて突っ込め！」

『アオオオオンッ！』

視界がグンッと加速する。最強クラスまで育て上げたウルフキングの猛ダッシュにより、あっという間に『女神の霊樹ユグドラシル』は目の前となった。

そしていよいよ、木の根元に突っ込みそうになったところで――、

「ウル太郎退却！　今度はお前だ、チュン太郎ッ！」

『ピギャァーッ！』

俺はウル太郎の背よりジャンプすると、空中でチュン太郎を呼び出して飛び乗った。

モンスターの飛行制限となる十メートルの高さまで一気に翔《か》ける。

「そんで最後は、ゴブ太郎！」

『ゴブゥーッ！』

最高到達点に至ったところでチュン太郎を退却。代わりに空中でゴブ太郎を呼び出すと、その大きな手の上に乗った。

ゴブ太郎は俺の意思を汲《く》み、砲丸投げをするかのように肩を逸《そ》らすと……、

『ゴッッッブゥーーーーーーーッ！』

自慢のパワーをフルに発揮し、俺を空へと投げ飛ばした――！

ボスモンスターたちの奮闘により、上空百メートル近くまでたどり着く。

「さぁ、こっからはマーくん！　お前に任せたぜっ！」

『ツッツ～！』

憑依《ひょうい》モンスターのマーくんに脚部の動きの全てを委ねる。

落下し始める直前で霊樹の樹皮に足先をかけるマーくん。かつて『ギガンティック・ドラゴンプラント』を登頂した経験を思い出し、細かな木のくぼみを足掛かりとしながら空に向かって駆けていく。

「いくぞペンドラゴン、お前のいる戦場へッ！」

雲の向こう側。成層圏を突き抜けたその先を睨《にら》みつける。

これまでの戦いでよくわかった。ＶＲゲームは本当に自由だ。

発想を実現するためのステータスやスキルなどが揃《そろ》っていれば、何だってできる。数値さえ揃ったのなら後は気合いの問題だ。

〝……ペンドラゴンのヤツも、こうして空まで駆け上ったんだろうな〟

森のように茂った枝葉の間を駆け抜けながら考える。

マーくんによってステータスと操作テクを補ってもらっている俺と違い、ペンドラゴンは単身独りで、宇宙を目指していったのだろう。

たぶん、ひとかけらでも不安はあったはずだ。もしも足を滑らせて地面に堕《お》ちたら、アイツだろうと助からない。何もできずにイベント終了だ。そんな最悪の未来もあったはずだ。

――そうなる恐怖を押し殺し、彼女は俺と最高の一戦をするために、天上の舞台にまで上がってくれたんだ。

だったら俺も応えなくちゃ、だよなぁ！

『ツ――ッッ！』

「あぁ、いよいよ頂上だな」

マーくんはしっかりとやり遂げてくれた。

垂直の大樹を駆け上がり、上空数千メートルの高さまで俺の身体《からだ》を運んでくれた。

最後に一気に加速して、大樹の頂点にたどり着く。

小さくなった『始まりの街』が、雲の真下に垣間見《かいまみ》えた。

「ありがとうな、マーくん。幸運値以外クソザコな俺の足になってくれて。おかげでここまで来ることができたよ」

足装備に宿った相棒に感謝だ。コイツと出会うことがなければ、俺は狩場に向かうことすら苦労していただろう。

「さぁて、こっからはポン太郎軍団。お前たちに助けてもらおうかな」

『キシャーッ！』

俺の周囲に可愛《かわい》い連中が現れる。

十一体の意思持つ武器霊。これまでずっと支えてきてくれた自慢の舎弟たちだ。

俺はその中から弓に宿ったポン十一郎を執り、空いた片手にポン太郎の宿った矢を構える。

「頼むぞポン太郎――『暴龍撃』！」

空に向かい、俺はポン太郎を射出した！

アーツの力により登り龍へと変貌するポン太郎。天の果てを目指して翔けていく。

「からのっ、ポン次郎に『スピードバースト』で敏捷値《びんしょうち》強化！　そして『蛇咬撃《じゃこうげき》』だ！」

『キシャ～！』

すかさず次男の宿った矢を番《つが》えると、ポン太郎のお尻に向かって放った。

空中で大蛇と化すポン次郎。速度を速めたことで長男に追いつき、そのお尻にガブリと噛《か》み付く。

「よしいくぜっ！」

かくして、俺の身体は空へと舞い上がった。

天魔流アーツ『蛇咬撃』の応用技だ。放った矢が弓と繋がった状態で蛇のオーラを纏うというこの技。本来ならば当たった敵を自分の下に引きずり寄せるアーツなのだが、こうしてヒモ代わりにして引っ張ってもらうこともできる。

それを応用した疑似飛行だ。雲海さえも置き去りにして、成層圏へと突入していく。

『キッ、キシャァ……！』

ポン太郎の辛《つら》そうな声が上がった。

矢に龍のオーラを纏《まと》わせて放つ最大奥義の『暴龍撃』だが、流石《さすが》に飛距離には限界がある。

それに加えて、ポン太郎は矢でありながら使い魔だ。

ブレスキの一度目のアップデートにより、使い魔の飛行限界は十メートルと定められている。それ以上の高度に至ると、その限界点まで堕ちていってしまうのだ。

飛距離限界と高度限界。その二つの束縛によって、ポン太郎は伸びを失い始めた。このままでは俺も大地に真っ逆さまだ。

『キシャシャァ……！』

〝すまねぇ姐《あね》さん、これ以上は……！〟と焦るポン太郎。

そんな可愛い使い魔に、俺はニッと笑いかけた。

「なぁーに、安心しろよポン太郎。策は思いついた——お前の兄弟たちを、信じてやれ」

俺は片手にポン三郎を執ると、その切っ先を地上のほうに向けた。

さらには【武装結界】によって残るポン太郎軍団七体全てを周囲に展開し、同じく地上に刃を向ける。

そして、

「やるぞお前たちッ！　天魔流奥義『鳳凰撃《ほうおうげき》』——！」

『『キッシャーーーーーッ！』』

次瞬、彼らは炎の巨大鳥となり、地上に向かい放たれた。

まるで墜落するイカロスのようだ。されど、ポン太郎軍団のソレは失意の落下ではない。

天上の戦場に至るための、未来に向かっての天墜だ――――！

「うぉおおおーーーーーっ！」

熱い熱波を受けながら、俺の身体は宇宙に向かって加速した。

そう、鳳凰となった舎弟たちをブースター代わりとしたのだ。高熱エネルギー体の落下による対流を推進力に、成層圏を超越していく。

天に瞬く星の海を目指して、空気の壁を一気に突き破っていき――――ついに。


「――よぉ、ペンドラゴン。遊びに来たぜ」

「――やぁ、ユーリくん。よく来れたねぇ」

蒼《あお》き空を足元に、彼女と軽口を交わし合う。

かくして俺は仲間たちとの絆《きずな》を胸に、『暁の女神ペンドラゴン』との対峙《たいじ》を果たしたのだった――――！

第九十八話　最終決戦、VS『暁の女神ペンドラゴン』！

「待ちくたびれたよ、ユーリくん。本当に……本当にね」

これまで天の高みにいた女、ペンドラゴン。

されど彼女の姿は無傷ではなかった。

ところどころに火傷《やけど》の跡があり、美しかった白き鎧《よろい》には黒い煤《すす》が付いている。

「その有り様は……あぁ、まさかお前」

「うん。キミのように飛んでくれる使い魔はいないからね、だからコイツを使わせてもらったよ」

そう言ってペンドラゴンは異空間より、何本かの剣を取り出した。

それらからは赤黒いオーラが滲《にじ》み出ており、いかにも危険そうだ。

俺はその武装の数々に見覚えがあった。

「爆発武器、だな。なるほど、そいつをブースター代わりにしたわけか。……つかそれって俺が天狗《てんぐ》仙人のところに行く時に使った手じゃねーかよ」

「そうそう。愛《いと》しいキミの動向はあの手この手でチェックしているからね。堂々とパクらせてもらったよ」

悪戯《いたずら》っぽく笑うペンドラゴン。彼女は宇宙空間を悠々と漂いながら、成層圏外に浮いた星屑《ほしくず》に触れていった。

「ユーリくん、キミはいいセンスをしているよ。特に生産職をセカンドジョブにした選択は素晴らしかった。それも真似《まね》させてもらったさ」

「へぇ、お前もバトルメイカーに？」

俺の言葉に、ペンドラゴンは首を横に振った。

それと同時にひときわ大きな星屑に触れ――凶暴な笑みを口元に張り付ける……！

「いいやッ、私が選んだのは『クラフトマスター』！　普通ならば本当に戦闘には使えない、生産職の正統上位職さ！」

次の瞬間、彼女が触れていた星屑が変貌を果たす。

白き魔力に包まれるや、巨大な岩石から巨大な槍《やり》へと姿を変えたのだ。

その根元へと強烈な蹴りを加えるペンドラゴン。すると無重力空間であるがために、巨大槍は蹴られた勢いをそのままに俺に向かって飛んできたッ！

咄嗟《とっさ》に地を蹴って避けようとするも、足場とすべき地面がない……！

「ッ、宇宙空間で動くには――コレだ！」

俺は足元に半透明の力場を生み出し、その上を跳ねて攻撃を回避した。

特殊行動アーツ発動『虚空蹴り』。アリスに挑む時にも使った技だ。空中で二段ジャンプを可能とするアーツなんだが、宇宙でのバトルはこれを多用することになりそうだ。

「ちっ、いきなりやってくれるぜ。宇宙から放ちまくった槍の正体は、形をいじった星屑だったたってわけか」

「その通りだとも。生産系正統上位職『クラフトマスター』ともなれば、一度生成したモノを高速成形できる能力もあるからね。地球を攻撃するのに便利だと思ったよ」

「いや、どんな発想してんだよ……」

普通は『売り物たくさん作れそうだな～』くらいしか思わないだろその能力。

どうしたら『宇宙に上がって槍型隕石《いんせき》作って落としまくれるじゃん』ってなるんだよ。こえーよ。

「ははっ……流石はＶＲ界最古のプレイヤーだな。発想のスケールがちげーや」

「む、その最『古』って部分はやめたまえ。歳《とし》を感じる。……あぁそれと、ここは宇宙空間という設定だからね。そろそろ……」

「えっ？」

ペンドラゴンが言いさした刹那、何とも言えない不快感が身体の底から湧き上がった。

それと共に目の前にメッセージが表示される。

・無酸素空間での滞在時間が一分を超えました！
有酸素空間に復帰しない限り、毎秒1ダメージが発生します！
・スキル【執念】発動！　致命傷よりＨＰ１で生存！
スキル【執念】発動！　致命傷よりＨＰ１で生存！

スキル【執念】発動！　致命傷よりＨＰ１で生存！

スキル【執念】――


「んげぇ!?　ダメージ設定あるのかよっ!?」

予想はしていたが、これはきつい。

ゲームだけあって本当に酸欠にさせないだけ優しいとも言えるが、俺はＨＰ１のプレイヤーだ。常に死に続けているに等しい。レベル１００近くまで幸運値に振り続けてこなければ、食いしばりスキルをすぐに不発して終わっていた。

「……ちなみにペンドラゴン。お前はこの無酸素空間で、二時間以上もどう耐えてきたんだよ？」

「フッ、回復薬のガブ飲みに決まってるだろう?」

「キメ顔で言うんじゃねえ」

すげー地味だしシュールだなぁオイ。宇宙からの攻撃は驚かされたが、ダメージの耐え方は普通なのかよ。

〝にしても……みんなが楽しくイベントする中、ひとりぼっちで回復薬をグビグビ飲み続けるペンドラゴンか〟

なんかその姿を想像したら、うん……。

「……おいこらユーリくん。なんだ、その生暖かい目は。何が言いたい?」

「いやぁ別に。ただやっぱり、お前はゲームのボスなんかじゃなくて、れっきとした一人のプレイヤーなんだなぁって思ってさ」

ジト目で睨《にら》んでくる彼女に、思わず笑みがこぼれてしまう。

そう。最初にペンドラゴンに出会った時は、なんだコイツはと思ったものだ。

常に微笑を張り付けながら無茶苦茶な暴力を振るってきて、まさに暴龍のような存在だった。だけど違う。

「凛《りん》としているようにも見えて、アホなことをやる時もある。『孤高の天才』って感じだけど、喫茶店で俺に吐露したみたいに……悩みを抱えてる。そう考えると、お前ってわりと普通の人間だよなぁ」

「っ……私が、普通の人間だと？」

「あぁそうさ」

一瞬のためらいもなく頷《うなず》いた。

オンラインゲームってのは不思議なものだ。傍目《はため》には無茶苦茶で凶悪なゲームキャラにしか思えないヤツでも、中身は現実を生きる人間だ。ふとした拍子に、ごくごく普通な人格が垣間見《かいまみ》える時だってある。俺は持ち前の負けん気でペンドラゴンの脅威に立ち向かい続けた結果、彼女のそんな一面を知ることができた。

「ペンドラゴン。お前、俺が駆けつけた瞬間にパァッて救われた顔をしてたぜ？　アレはラスボスの顔っていうより、勇者が助けに来た時のさらわれたお姫様って感じだったな」

「お、おひめさまって……！」

「照れんなよ。……お前、不安だったんだろ？　宇宙に上がって隕石攻撃なんて滅茶苦茶《めちゃくちゃ》な策を思いついたはいいけど、それで俺《ユーリ》が死んだらどうしよう。仮に生きてても同じ戦場《ステージ》まで上がってこれなかったらどうしよう。他の連中みたいに、心が折れちゃったらどうしようってな」

「それは……」

「俺は違う」

改めて、きっぱりと言い切ってやる。

もう二度と、コイツがくだらない不安を抱えないように。

「俺は無敵だ。俺は最強のユーリ様だ。いくらお前が死ぬほど頭よくて常に本気で容赦なくて凶悪で凶暴で美人で強かろうが、俺はお前から絶対に逃げない」

「っ！」

「だから全力で来いよ。お前の全てを食い尽くしてやる」

「つっっ!?」

俺の宣言に、ペンドラゴンは両手で口元を押さえながら震え始めた。

「ユ、ユーリ、くん……！　キミはどこまで、私を喜ばせるつもりなんだ……!?」

「はっ、俺はただ絶対に負けねーって言ってるだけだよ。さぁ、そろそろやろうぜ？」

「ッ、あぁっ！」

俺と彼女が構えたその時、宇宙空間に巨大なモニターが出現した。

それと同時に上がる歓声。俺とペンドラゴンは驚きながらそちらを見る。

「これは……」

『――さぁ、いよいよイベントもこれでラストッ！　負け組転送エリアより、ナビィが失礼しちゃいま～す！』

画面いっぱいに小さな顔を映し込むナビィ。どうやらこれはアイツの仕業らしい。

ナビィが『みなさん、二人に声援を！』と言いながら退《ど》くと、そこには何十万人ものプレイヤーたちが……！

『負けんじゃねーぞユーリー！』『やってやれっ、おぬしは無敵だ！』『魔王殿よっ、死んだ我らの分もっ』『オレたちの分もっ！』『おっおっおっお！』『そいつにブチこんでやれーっ！』

宇宙に轟《とどろ》くみんなの声。スキンヘッドやザンソードなど、顔見知りからそうでない連中までもが、全力で俺を応援してくれた。

さらに、

『頑張りなさい、ペンドラゴン！』『アンタがボスや、ケジメつけぇやっ！』『頑張りなさいペンドラゴンちゃん、力ずくで押し倒すのよッ！』『私たちができなかったユーリさんの打倒っ』『アンタがやってみせなさい！』

ペンドラゴンへの声援も負けてはいない。

アリスやキリカを始めとした者たちが、孤高だった女王にエールを送る。

二人ぼっちの戦場が、みんなの熱意で満たされていく……！

「これは……負けられないじゃねーか……！」

「あぁ……まったくもって、同感だ……っ！」

俺たちは心から笑い合った。ああ、こんなに幸せなことがあるか。たくさんの人々に祝福されながら、最大の敵と全力でぶつかることができるなんて。

本当に、このゲームに出会えてよかったよ。そしてみんなに会えてよかった！

『あ、ちなみに現在、生き残っているプレイヤーはユーリさんとペンドラゴン様だけとなっています！

いや～地上での決戦も熱かったですよぉ。最後はグリムさんが爆発武器を山ほど抱えて、女神側のみなさんに爆殺テロ攻撃を仕掛けて。まだ小さい子なのに、ユーリさんの部下になったせいで頭が……』

「っておいナビィッ、頭がなんだテメェ!? 俺に似て勇敢になったとか言えやッ！」

失礼なAIだなぁチクショウッ！ このゲームを始めてから最初に出会った存在だが、アイツはやっぱり気に食わねーな！ 今度機会があったらモチモチのほっぺグニグニしてわからせてやるっ！

「あのチビ妖精がぁ～……！」

「ははははっ。まぁつまり、本当の意味でコレが最終決戦ということか。――それでユーリよ、キミに勝算はあるのかな？」

白き刃を抜くペンドラゴン。彼女の状態は万全に等しかった。鎧《よろい》こそ多少傷付いていれど、これまで高みの見物に徹してきたわけだからな。使用制限のある強力スキルやアーツは全て残っているだろうし、気力だって十分だろう。

……対して俺はボロボロだ。こうしている間にも環境ダメージで死にかけ続けている上、地上で激戦を繰り広げた分、疲労だって蓄積している。最上級の使い魔たちもみんな死んでしまった。

あぁ、だけど。

「舐《な》めるなよ、ペンドラゴン。お前のためにちゃんと手札は残してきたさ」

俺は両腕を十字架のように広げた。

そして、右手には剣を執り、左手は強く握り締めて鉄拳を作り上げる。

さぁ、準備は整った。今こそ発動しろ――！

「最終スキル・二重発動、【豪剣修羅】【剛拳羅刹】！」

その瞬間、身体《からだ》の奥底から二色の闘気が湧き上がった。

剣を持つ右側からは蒼《あお》きオーラが、拳を握った左側からは赤きオーラが鬼火の如《ごと》く揺らめき立つ。

「ッ、ユーリ……それは……！」

変貌を遂げた俺の姿に、ペンドラゴンが目を見開いた。

「あぁ、これこそお前を倒すために取っておいた二つの切り札だ」

スキル【豪剣修羅】と【剛拳羅刹】。それは先日、三番目の限定スキルに何を選ぼうか悩んでいたところ、ザンソードとスキンヘッドが勧めてきたものだ。

最終的に俺は、戦っていない魔物にも経験値を分配するスキル【魔の統率者】を外したことで、どちらも取得したのだった。

「これらの効果は、剣士と闘士の最上級スキル【剣の極み】と【拳の極み】と同じモノだ。刃か拳で攻撃するたび、俺のMPは回復する。――さらに」

「ッ⁉」

再びペンドラゴンは驚愕《きょうがく》する。彼女の金色の双眼に、蒼き翼と赤き翼が映り込んだ。

それは、俺の身体から湧き上がった闘気が爆発的に膨れ上がったモノだった。

「さらに――使用者のHPが1の時、二つのスキルは覚醒を果たす。MPの回復効果から、MPの『全回復』効果へと強化されるんだよ……！」

もはや、俺のMPが尽きることはなくなった。剣がわずかにでも掠《かす》めれば全快するため、攻めれば攻めるほどさらに攻め込むことができる。

加えて、こちらが攻め手に出られないほどの圧倒的な攻勢に相手が出たとしても、【神殺しの拳】によって一度でも攻撃を弾《はじ》くことができれば、俺のMPはマックスとなる。そこから全力での反撃が可能になるわけだ。

「どうだ、ペンドラゴン。今の俺は、最終決戦の相手には不足か？」

「っ、いいや――十分以上だッ、魔王ユーリィッ！」

虚空を蹴り、こちらへと翔《か》けるペンドラゴン。

かくしてついに、幕引きとなる大決戦が始まったのだった――！

第九十九話　終幕への絶唱

「「オォォォォオオオオオオオオオオオオオオオッ！」」

――どこまでも広がる宇宙《ソラ》を舞台に、俺とペンドラゴンは激突を果たした。

最初から全力全開だ。周囲に展開した武装と共に、最古の女王に攻め掛かる。

「最上級アーツ連続発動ッ！　獅子王《ししおう》流大剣術『獅吼《しこう》断絶斬』ッ、狼王《ろうおう》流刀剣術『狼王瞬烈破』ッ、犀王《さいおう》流槍術《そうじゅつ》『犀王富《ふ》嶽迅《がくじん》』ッ！」

膨大なMP消費により実現した絶技の連打。次々と武器を切り替えながら、必殺アーツを叩《たた》き込んでいく――！

「まだだ！　獄道呪法『断罪の鎌』ッ、修羅道呪法『斬魔の太刀』ィイイッ！」

「チィイイッ!?」

俺の攻撃を剣一本で対処するペンドラゴン。されど最強奥義の乱れ撃ちは次第に彼女を押していき、刃の先がその身体を掠めていった。

そして発動するMP全回復能力。莫大《ばくだい》な魔力が再び俺の中に満ちる。

「さぁ、一気にいくぜッ！」

徹底的に攻撃あるのみだ。大剣によって彼女を薙《な》ぎ飛ばすと、俺は次に弓を握った。

もう片方の手には複数本の矢を持ち、周囲に展開したポン太郎軍団憑依《ひょうい》武装を複数に分身させる。これで準備は完了だ。

「喰《く》らいやがれッ！　アーツ発動、『暴龍撃』三十連打ーーーーーーーーーッ！」

『ガァアアアアアアアアーーーーーーーーーーーッッッ！！！』

ここに具現化する魔龍の軍勢――――！

放たれた武装群はドラゴンとなって宇宙を翔け、最古の女王へと殺到した。

一発一発が幾人ものプレイヤーをまとめて屠《ほふ》るほどの超攻撃だ。これならば彼女でも対処しきれないと思ったが、しかし。

「――まだだァッ！　最上位スキル連続発動ッ、【剣の極み】【修羅の悦楽】！」

彼女の身体から闘気が立ち上る。

スキル【剣の極み】と【修羅の悦楽】。どちらもザンソードとキリカが使っていた剣士系ジョブの切り札スキルだ。

そこへさらに、ペンドラゴンは強力な異能を重ね掛けする。

「代償型強化系スキル【終幕への一刀】ッ！」

瞬間幾撃。ペンドラゴンの闘気が莫大に膨れ上がるや、魔龍の軍勢が一瞬にして斬滅された。

遅れて周囲に放たれる剣圧。大爆発でも起きたかのような衝撃波が伝播《でんぱ》し、小さな星々がまとめて消し飛ばされる。

「ッ、何だこの威力は……さっきのスキルの能力か」

「ああ。スキル【終幕への一刀】は、毎秒一割のHPとMPを消費する代わりに、斬撃の威力を十倍にする。

　これを、HP・MP回復スキル【剣の極み】【修羅の悦楽】と組み合わせれば……」

「息切れすることなく必殺級の攻撃をしまくれるってわけか」

　ハッ、おもしれえ。それでこそ燃えるってもんだ。

　俺は態勢を立て直すと、再びペンドラゴンと向き合った。虚空を踏む足に力を籠《こ》める。

「そんじゃあ――――！」

「再開とゆくぞォッ！」

　掛け声と共にぶつかり合う。激突した刃から火花が噴き上げ、暗き戦場を彩っていく。

「「死ねぇえええええーーーーーーーーーーッッッ！！！」」

　――そこからの戦いは、まさに決死の殺し合いとなった。

　流星の如く宇宙空間を乱れ舞い、必殺の攻撃を幾重も交わらせる。

　一撃、十撃、百撃、千撃。一瞬の内に全力奥義をぶつけ合い、一瞬ごとに互いの限界を超越していく――――！

「ペンドラゴンッ！」

「ユーリィィィッ！」

笑いながら、叫びながら、あらゆる力を出し尽くしていく。

数々の師範たちから習った高等アーツを全て放った。数々の最高級レアアイテムから製造したキメラ軍団を全て呼び出した。

爆殺武装を全て呼び出し、強力な使い魔たちも次々とぶつけ、これまで培ってきた全部をペンドラゴンに披露する――――！

「この数か月間ッ、俺は本当に楽しかった！　この『ブレイドスキル・オンライン』と出会えて幸せだった！

だから、全部余さず喰らってくれよペンドラゴン！　色んな仲間やライバルたちからもらってきた総力《すべて》を！」

「あぁいいぞッ！　ならばこそキミも喰らうがいいッ！　これまでの数年間ッ、並び立つ友もなくッ、ようやく見つけた悪鬼《オトコ》もとっくに誰かのモノでッ！　ゆえに寂しく磨き続けた悲しい女の独力《すべて》をなぁ！」

光の刃が無尽に奔《はし》る。あらゆる俺の攻撃総《すべ》てを、彼女は斬滅していった。

まさに究極。まさに最強。超常の電脳界に何年も君臨してきた彼女の技量は、もはや人外の領域へと達していた。

――それでも、

「諦めるがいいッ！」

「お前がなァッ！」

俺に向かって放たれた神速の刃に、【神殺しの拳】を叩きつける。

確かにペンドラゴンは強敵だ。あらゆる攻撃が通じない。——だが同時に、俺もまた彼女の攻撃を防ぎきっていた。

まさに完全な互角状態。互いに互いを殺しきれず、何度もぶつかっては弾かれ合う。

「アハッ、アハハハハッ！　あぁ楽しいなぁ、ずっと戦っていたいくらいだ！」

「同感だぜペンドラゴン。——だけど悪いな、永遠にお前とバトるわけにはいかないんだよ」

俺はちらりと上空を見た。そこには巨大ウィンドウに映る、数多《あまた》の宿敵《プレイヤー》たちが。

彼らの瞳に炎を見る。視線だけで、みんなの思いが伝わってくる。

「みんな、俺たちみたいに熱いバトルがしたいってウズウズしてやがる。この戦いが終わったら、アイツらの相手もしてやらないとな」

「ほう、相変わらずお優しいことだなぁキミは。……安心したまえ。キミを倒して屈服させたら、私が代わりに始末しておくさ。キミはこれから私だけの宿敵《モノ》になるんだよ、裕《ゆう》理《り》」

「っ!?　お、お前、最後に名前のイントネーションが……え、まさかお前、俺のリアルを!?」

「ふふふ、何のことだか……!」

ってこぉぉおおおっわ!? なんて女王様だッ! これ、負けたらマジで俺食われるじゃねえか!?

「はぁー……ま、いいか。どうせ負ける気はないからな」

「減らず口を」

「お前もな?」

――本当はもう疲れてるくせに。そう指摘すると、ペンドラゴンは微笑を浮かべたまま押し黙った。

……しかし、それは俺も同じだ。本当はもうふらつきそうだ。でも、そんな無様な姿は絶対に見せない。俺もペンドラゴンも、見てくれているみんなのために最期まで『最強のプレイヤー』たらんと、残る気力を振り絞る。

「さぁ、これが最後の手札だ。グリムが宿してくれた一手、装備に宿った『異界のアーツ』。今こそ使わせてもらうぜ……!」

俺のドレスから闇の炎が立ち上る。――それと同時に、ペンドラゴンの鎧《よろい》からも白き光が溢《あふ》れ始めた。

「ツ、お前、それは……」

「ふふふ、奇遇だねぇユーリくん」

って、お前も同じ切り札を隠してたのかよ……。まぁこの技はかつて、ペンドラゴンを撃退した時に得た素材から発現したアーツだからな。それもおかしくはないか。

「おいペンドラゴン。『この技』って詠唱付きのアーツのはずだぜ？　詠唱中に攻撃を喰らえば失敗だ。俺を相手にして、唱えきれると思ってるのかよ」

「それはこちらの台詞《せりふ》だよ。さぁ詠唱を始めるがいい――舌ごと切断してやるからなぁッ！」

「やってみやがれッ！」

かくして俺たちは、幾度目の激突を開始した――！

共に刃をぶつけ合いながら、終わりの呪法を謳《うた》い上げる。

「『昏《くら》く沸き立つ地獄の炎よ、解放の時はやってきた』」

「『輝き溢れる浄土の光よ、解放の時はやってきた』」

刹那に響くは、闇と光の共鳴歌。

殺意と闘志の絶唱《ウタ》を口に、俺たちは終幕へと向かっていった――！

第百話　決着の時

「『昏く沸き立つ地獄の炎よ、解放の時はやってきた』」

「『輝き溢れる浄土の光よ、解放の時はやってきた』」

全ての想《おも》いを刃に込め、いざ宿敵と切り結ぶ――！

「『今こそ我が手に宿るがいい。我は破壊を司《つかさど》る者、死を撒《ま》き散らす悪鬼なり――！』」

刀に加えて鉄拳のラッシュ、さらには虚空より武装たちを放ち尽くし、ペンドラゴンに絶えず攻撃を加える。

しかして彼女は怯《ひる》まない。白き刃が斬撃に舞う。

「『今こそ我が手に宿るがいい。我は救済を司る者、魔を討ち滅ぼす戦姫《せんき》なり――！』」

超絶技巧の剣技が振るわれ、俺の攻め手が総て斬滅されていく。ついにはこちらの首筋にまで斬閃《ざんせん》が奔るも、咄嗟《とっさ》に拳を叩きつけることで無力化した。

〝やるな！〟

〝キミもな！〟

一瞬の内に繰り広げられる攻防。その中で進む滅びの詠唱。互いの身体《からだ》より邪炎と聖光がそれぞれ沸き立つ。今ここに、最古のＶＲＭＭＯＲＰＧ『ダークネスソウル・オンライン』における必殺呪法とされるアーツが、時空を超えて発現を果たす。

「「『原初の力よ、此処《ここ》に具現せよ！　異界の地にて必滅を吼《ほ》えろッ！』」」

最後に詠唱が重なり合い、そして――！


「――付与呪文発動、『業炎解放・煉獄《れんごく》羅刹』――ッ！」

「――付与呪文発動、『閃光《せんこう》解放・天壌修羅』――ッ！」


かくして次瞬、互いの武装より超絶の力が迸《ほとばし》る。

俺の武装群からは闇よりも黒き炎が噴き上がり、ペンドラゴンの一刀からは日輪よりも白き光が溢れ出した。

極限にまで増幅された絶滅の炎光。それらは宇宙の中心にて、鬩《せめ》ぎ合い、滅ぼし合い、絡み合い、ついには溶け合って、混沌《こんとん》色の熱閃《ねっせん》となり暗黒の世界を染め上げていく。

「『業炎解放・煉獄羅刹』。発動者の武装に『溶断』の能力を与え、攻撃力を急上昇させる技だ」

「『閃光解放・天壌修羅』。発動者の武装に『放光』の能力を与え、攻撃力と機動力を上げる技さ。……ちなみに一度、キミはこいつを見ているはずだよ」

ペンドラゴンの言葉に「あぁ」と頷《うなず》く。

以前、雪原にて彼女を撤退に追い込んだ際、光となって消えていく謎の力を見せた。その正体がコレってわけか。

「もはや次はないぞ、ユーリ。熱光の放出により加速した私の剣技は、ヒトの反射速度を優に超える」

正眼となるペンドラゴンの構え。剣術の基礎にして、最速・最強の打ち込みを可能とする型だ。俺を一閃《いっせん》に斬り裂くつもりなのだろう。

「ハッ、上等じゃねえか」

対する俺は構えを変えない。片手に刃を、もう片方の手に鉄拳を握り、様々な武装たちを浮遊させて彼女を睨《にら》む。

どう見ても邪道の型だろう。だけどこれが俺の構えだ。

ゴミ職業と最弱武器とクソステータスから始まったがゆえに、得てきた力を全部使うことを決めた俺だけのスタイルだ。

「さぁ、いくぞペンドラゴン。最強勇者のユーリ様を討ち取ってみやがれ！」

「ふはっ、馬鹿を言え。――キミは勇者というよりッ、『ラスボス』のような存在だろうがァーーーッ！」

同時に虚空を踏み砕き、俺たちは最後の激突を開始した――――！

「うおおおおおおおッ！」

先に刃を届かせたのはペンドラゴンだ。

剣から放出されたエネルギーをブースターにして一気に接近。そして俺が気付いた時には、すでにこちらの肩口にまで振り下ろしていた。

まさに神速、まさに閃光。彼女自身の言葉通り、反応することすらできなかった。

だが、

「させるかッ！」

「っ!?」

袈裟《けさ》斬《ぎ》りにされる寸前で、片手の刃を挟み込んだ！

反応できたわけではない。ただ、俺は最初から『対応できないこと』を前提に、武装を盾とすべく腕を動かしていた。

俺は、ペンドラゴンという女を信じているからな。彼女が〝私の剣技は、ヒトの反射速度を優に超える〟と言うなら、冗談抜きでそうしてくるのだろうと予測していたさ。

宇宙に響く鋼の衝突音。防御に成功した俺は、周囲の武装に敵を貫けと命じたが——、

「まだだァッ！」

鍔《つば》迫《ぜ》り合《あ》いも一瞬、瞬く間にこちらの刃が押し込まれる。

俺には衝撃発生スキル【魔王の波動】があるが、スキルと呪法に強化されたペンドラゴンの力は、ソレを上回っていた。

俺自身の筋力値はゼロだ。スキルによる衝撃を圧殺されてしまえば、押し負けるのは必然だった。

周囲の武装が殺到するよりも先に、受け止めていた俺の刃が肩口に食い込む。

「これで終わりだッ！　私のモノになれッ、ユーリィーーーッ！」

ついに、こちらの刃ごと彼女の光刃が皮膚を突き破り、俺を真っ二つにせんとした。

命散るまで残り〇・一秒。加速された知覚の中、肉が裂けていく苦痛を感じる。俺のことを応援してくれているプレイヤーたちが、悲鳴を上げているのが聞こえた。

いよいよ迎えた敗北の時。そんな絶望的状況で――俺は、ニッと勝ち誇った笑みを浮かべた！

〝超至近距離で、ペンドラゴンと顔を突き合わせた状態！　これを待っていた――ッ！〟

条件は全て満たされた。敗北までの刹那、俺は口の中に隠した『本当の切り札』をペンドラゴンに吹き付けた！

「っぁ!?」

彼女の右目に当たった切り札。これまでずっと装備してきた、俺の宝物――！

「大親友《スキンヘッド》からもらった、指輪だぜ！」

ソレが直撃した瞬間、スキル【魔王の波動】が発動。わずかながらでも衝撃が発生し、ペンドラゴンの攻撃が鈍る。

そしてッ、

『キシャァアアーーーーーーッ！』

「ぐぅうッ!?」

俺が真っ二つにされるよりも先に、ポン太郎たちの宿った武装群が突き刺さった――！

さらには鉄拳をぶつけることで、ペンドラゴンは勢いよく吹き飛んでいく。奇《く》しくもその先は、俺たちの母星――『ブレイドスキル・オンライン』の大地だった。

宇宙空間ゆえに踏ん張ることもできず、彼女の身体は、やがて引力に囚《とら》われていく。

「ま――まだだッ！」

大気圏突入により燃え上がり始めるペンドラゴン。それでも「まだだ」「諦めるか」と声を上げながら、刃から光を放出し、星の力に抗《あらが》い続けた。

「まだっ、私はぁ……！」

龍の咆哮《ほうこう》がごとき彼女の叫び――やがてそれは、嗚咽《おえつ》交じりのものへと変わっていく。

「ここでッ、負けたらッ、私はキミにとって、『大勢のライバル』の一人になってしまう……っ！　ようやく出会えた理想のキミがっ、遠い存在に――」

「ならねぇよ」

彼女の瞳が見開かれた。『瞬動』のアーツによって、俺が目の前に現れたからだ。

それと同時に燃え上がる肉体。ペンドラゴンと共に、流れ星となって墜《お》ちていく。

「なっ、なんで!?　放っておいても、キミの勝ちだったのに……！」

「馬鹿言え、引力なんかにトドメさせられて堪《たま》るかよ。これは、俺とお前の決闘なんだぜ？」

「えぇっ、し、しかし——」

うだうだと何か言おうとする女王の唇。俺は人差し指を立てると、そこに柔らかく押し当てた。彼女の顔がボッと赤くなる。

「むぐぅっ!?　な、ななっ……!?」

「うるさいっつの。——俺は決して、遠い存在になんかならねぇよ」

そうだ。俺にとって、全力でぶつかってきてくれる人間は、誰もが『最高のライバル』なんだよ。

その他大勢で括《くく》りなんてしない。手だって一切抜いてやらない。一人一人、大気圏に突っ込んででも全力で殺す覚悟が俺にはある。

「俺はいつだって相手になる。だから、何度だって来いよペンドラゴン！　また宇宙まで追いかけてブッ殺してやるからッ！」

笑いながらそう言うと、ペンドラゴンは一瞬呆気《あっけ》にとられた後、やがてブフッと噴き出し始めた。

地上に向かって堕《お》ち行く中、彼女の笑い声が空に響く。

「ふはっ、ふははははっ！　そうかっ、また宇宙まで追いかけて、ブッ殺してくれるか！　あぁ、まったくキミは最高だ……独り身の女をあまり喜ばせるなよ……っ！」

「おう。つっても他のみんなも相手にしないといけないからな。順番待ちが面倒だったら、みんなブッ殺して挑んできてくれ」

「うん、ぜひそうさせてもらうさ」

その瞬間、宇宙に浮かんだ巨大モニターから大絶叫が上がった。みんな、宇宙から巨大槍《やり》を落としまくるような女の相手が嫌と見える。まぁ頑張ってくれ、はっはっは。

「それじゃあ——ユーリ」

「ああ」

俺は片手を広げると、一本の矢を顕現させた。

俺をここまで導いてくれた原初の武装——ポン太郎を宿した、漆黒の矢だ。

それを高らかに掲げ、

「またやろうぜ、ペンドラゴン！」

笑顔と共に、トドメの一撃を彼女の胸に突き刺した――！

そして、

・女神側総大将・ペンドラゴン死亡。女神側プレイヤーが全滅しました！
残り生存者：１名。魔王側総大将ユーリ。
この瞬間、魔王側サイドの勝利とします――！

メッセージと共に、世界中にファンファーレが響き渡った――！

「やったぜ、みんな……！」

絶滅大戦、堂々決着。
かくして、仲間たちの歓声と宿敵たちの拍手に包まれながら、俺は地上へと還《かえ》っていくのだった――！

最終回

ブレイドスキル・オンライン
～ゴミ職業『サモナー』で最弱武器『弓使い』でクソステータス『幸運値極振り』の俺、いつのまにか『ラスボス』に成り上がります！～

『見つけたぞユーリ！　勝負しろォォォ！！！』

「おっしゃァ、かかってこいやァ！」

――絶滅大戦から一週間。俺は大忙しだった。

ログインした瞬間にたくさんのプレイヤーたちから勝負を挑まれ、彼らと殺し合う毎日だ。

「スキル【武装結界】！　アーツ発動『暴龍撃』！　おりゃりゃりゃりゃりゃりゃ！！！」

『ぎゃーッ!?』

今日も元気にライバルたちをぶっ飛ばす。

あの日以来、イベントを見ていた何十万人もの人々が『自分たちも派手に暴れたい！ユーリと戦ってみたい！』とゲームに殺到し、一時期サーバーが壊れかけるほどの事態になった。

おかげで毎日がバトル祭りだ。日々、色んな国や色んなゲームからやってきた者たちに挑まれ、鎬《しのぎ》を削りまくっている。

「──ふふふ、相変わらず元気そうだねぇユーリくん」

「ぬっ!?」

次の瞬間、何十人ものプレイヤーたちが一斉に斬り殺された。悲鳴すら上げる間もなく、肉片となって宙に舞い散る。

先ほどの声にこの剣技。下手人は間違いなく……、

「ひえっ、ペンドラゴンだぁ！」

「おいおい、『ひえっ』は酷《ひど》いんじゃないかい？」

苦笑いするペンドラゴン。されど俺を見つめる彼女の瞳は、どこかうっとりと夢心地だった。

「どうして怖がってるのかなぁ？　『たまたま』キミの学校に赴任してきた教師の私に言ってごらん？」

「って、それがこえーんだよッ！　お前どんな手を使いやがった!?」

決戦から数日後、こいつが学校にやってきた時はもう叫びかけた。ほぼゲームのまんまの容姿をしてたから一発でペンドラゴンってわかったさ。

周囲の連中（特に男子）はテンション上がりまくってたが、俺は気が気じゃなかったよ。

「しかもお前、昼休みになるたびに手作り弁当を渡してきて……！　おかげで噂《うわさ》になりまくってるんだが!?　お前と俺が付き合ってるんじゃないかって！」

「おや、そう言うわりには受け取ってくれてるし、完食してくれてるみたいだけど」

「あん？　……そりゃ人が頑張って作ってくれたもんを残すわけにはいかないだろ。なにより、毎日食っても飽きないくらい美味《うま》いしな」

「むっ⁉　毎日って、キミねぇ……！」

唇をによによさせるペンドラゴン。料理の腕を褒められたことがそんなに嬉《うれ》しかったのだろうか？

「あ、ちなみにお前、体育教師の遥斗《はると》先生に妙に当たりキツいのやめろよ？　あの人ムキムキで女好きだけど良い人だからな。授業中に俺がそこそこの怪我《けが》をした時、保健室まで抱えて走ってくれてさぁ」

「ぬぐっ、やはりアイツ、キミの攻略をリアルでも……！」

んん？　攻略？　リアルでも？　ペンドラゴンの奴何言ってんだ？

……まぁそれはとにかく、

「リアルの話はこのへんにして、今日もやろうぜペンドラゴン。ド派手で全力で、最高にスカッとするバトルをな！」

弓を手にしてニッと笑う。

色々とやばい女だが、こいつとのバトルは楽しいからな！

「ふっ、まったくキミは変わらないなあ……。いいだろう、今日も挑ませてもらおう――

と、言いたいが」

ペンドラゴンがひらりと後退する。その刹那、彼女が立っていた場所に強烈な鉄拳が叩《たた》き込まれた。あまりの衝撃に地面が弾《はじ》け飛ぶ。

「――悪いが、ユーリに先に挑むのはオレ様だぜェ？」

突如として現れたのは、俺の最高に頼れる親友・スキンヘッドだった！

「スキンヘッドー！　最近会ってなかったけど、元気だったか!?」

「まーな。ちょっとばかし疲れもあるがよ」

肩をゴキゴキと回すスキンヘッド。そういえば、こいつもこいつで色んな奴に挑まれているらしい。

俺がペンドラゴンに指輪をぶつけたあと『スキンヘッドからもらった指輪だぜ！』と言ったのをきっかけに、多くの男性プレイヤーが本気で殺しに来ることになったとか。

「ったく、参っちまうぜ。オレ様的には友情の証《あかし》として贈ったんだが、何を勘違いしたんだか……」

「なんかごめんなぁスキンヘッド。お詫《わ》びにご飯おごるから、あとで一緒に飯屋行こうぜ？」

「……キミらそういうところだぞ」

なぜか呆《あき》れるペンドラゴン。彼女の様子に俺と親友は首を捻《ひね》る。

「はぁ、まぁいいさ。それじゃあスキンヘッドくん、この子との勝負権を賭けて戦おうじゃないか？」

「いいぜェ。──つっても、そいつはモテモテだからなぁ。こうしてる間にも、ほれ」

スキンヘッドが呆れながら俺の背後を見た。そちらを振り向くと、土埃《つちぼこり》を立てながら大集団が迫ってきていて……！

『ユーリーッ！　お前を倒すのは、この俺だーっ！』

青空に響く数多《あまた》の声。

たくさんのプレイヤーたちと共に、ザンソードが、クルッテルオが、ヤリーオが、コリンが、シルが、キリカが、マーリンが、アリスがアラタがアンジュがアカヒメが──今まで戦ってきた宿敵たちが、武器を振り上げながら向かってきていた。

その中にはフランソワーズとグリムの職人姉妹までもが『腕試しですわ～！』『勝負ー！』と叫びながら加わっていた。

「ははっ……こりゃまた、戦《や》り甲斐《がい》のあるメンバーじゃねえか……！」

心が熱く燃え上がる。

不幸なリアルから逃げ、最悪で最弱な状態から始めたこのゲーム。だけど今やこの場所には、こんなにもたくさんの仲間たちがいた。

ああ、今なら言える。俺は最高に、幸運だっ！

「よっしゃぁッ、やろうぜお前ら！」

鍛え抜かれた『刃』と『技』で、今日も俺たちはぶつかり合う。

どこまでも全力で、楽しく派手に殺し合う。そんな殺伐とした遣《や》り取りが絆《きずな》になる場所

――それが！

「さあ、最高に楽しもうぜ。この、『ブレイドスキル・オンライン』をなぁ！」

番外編 開催、ネトゲー闇鍋パーティー!!!

「ゲーム内で、闇鍋パーティーをやろうって?」

「そう!」

　ある日のこと。今日も元気にペンドラゴンと殺し合っていると、いきなり彼女はそんなことを言い出した。

　音速で斬りかかりながらペンドラゴンは語る。『友人たちと集まってそういうことをする文化があるらしい。様々な食材のあるブレスキ内でやったら面白そうじゃないか?!』とのこと。

　ふむ、確かに面白そうだな。俺は爆殺武装を放ちまくりながら頷《うなず》いた。

「いいぜ。色んなヤツを誘って、俺のギルドホームの城でやってみよう」

「決まりだな!」

　攻撃の嵐をいなしながら笑うペンドラゴン。出会った頃の悠然な雰囲気はどこに行ったのか。ま、活《い》き活《い》きしているようで何よりだよ。お前の笑顔は綺麗《きれい》だからな。

「ちなみにペンドラゴン、闇鍋パーティーの細かなルールって知ってるか?　俺、リアルで友達いないからやったことないんだが」

「私もいないからやったことないぞ」

「「……」」

……戦場に訪れる重い沈黙。

寂しくなった俺たちは戦いをやめ、「ネットで調べようか……」「おう……」と会話しながら、街に戻っていったのだった。

◆◇◆

「——というわけで、俺とペンドラゴン主催の、闇鍋パーティーを開催するぜーっ！」

『いえぇえええええーーーい！』

薄暗闇の中に響くみんなの声。

あれから数時間後。明かりの消された大広間には、大勢の戦友たちが集まってくれていた。

部屋中に出汁《だし》の煮立った香りが満ちる。広間の中心に置かれた巨大鍋には、すでに各人が持ち寄った食材が投入されていた。

「ちなみに出汁は、俺が持ち寄った『絶滅海神ダゴン』の魚介スープと、ペンドラゴンの持ち寄った『聖天空神グリンカムビ』の鳥スープからできてるぜ。どっちも最強クラスのモンスターだから、きっと旨《うま》いぞー？」

『おぉ～……！』

何人かのメンバーがよだれを飲んだ。現実にはないほどの旨そうな香りを前に、みんな食欲が限界みたいだ。

「ちょうど食べ頃だな。それじゃぁみんな、つっついていこうぜー！」

さぁ、実食タイムの始まりだ。各々菜箸で食材を取り、さっそく口に放り込んでいく。

ちなみに食べたモノの味をコメントし、その人に対して『ソレ入れたのたぶん自分だ。食材名は――』とネタバラシしていくルールにしたため、大広間はたちまち騒がしくなった。

「んっ、なによこの肉……」「普通においしいですけど、食べたら身体《からだ》がホカホカしますね」

そうコメントするシル&コリン。

絶滅大戦後、俺のギルドに入ってくれた仲良しコンビだ（シルは戻ってきてくれたって表現が正しいがな。あと仲良しって言うと揃《そろ》ってキレられる）。

「ん〜？　と首を傾《かし》げる彼女たちに、ザンソードが「はいはい！」と元気よく手を挙げた。

「それはおそらく、拙者が入れた『ギガント・ラッコの肉』でござるな！　食べた者に火《ほ》照《て》るような高揚感を与えるのだ！

ああ、まさかそれを喧嘩《けんか》ップルのそなたたちが食べるとは……これは運命……何も起きないはずがなく……！」

「「起きないわバカ！」」

ザンソードを蹴り始める仲良しコンビ。いや、あいつ何入れてんだよマジで。次回から出禁だなホント……。

あとペンドラゴン、例のラッコ肉をあーんしてくるな。口移しさせようとしてくるな。

「かッッッら!?　なんやこの野菜ッ、食べたら舌がピリピリするんやけど!?」

そう叫んだのは花魁《おいらん》剣士のキリカだ。

彼女も仲良しコンビと同じく、『ギルド・オブ・ユーリ』に入ってくれた（『なんやそのギルド名、ふざけとんのか』と言われたが。解せぬ)。

ヒーヒーと舌を出しながら「誰やこれ入れたのっ!?」とキレるキリカ。そんな彼女に答えたのは、金髪死神少女のアンジュだった(誘ったら普通に来てくれた)。

「うーん、それってたぶん、僕の入れた『デスボルケーノ唐辛子』かも?」

「ってアンタかい!? ちょっとくらいならともかく、食べれないくらい辛い食材はナシって伝えられてたやろ!?」

「うん――だから『ちょっと辛い』だけの、その食材を入れたんだけど?」

「えっ……え?」

瞬間、引き気味になるキリカ。そんな彼女に、アンジュはどこかトロッとした笑みで続ける。

「ふふふ……本当はもっと辛い食材を選びたかったんだけどねぇ。辛い物って、舌が千切れそうになるくらいがちょうどいいと思わない? 辛さを通り越した痛みが心地いいっていうか、あぁ生きてるなぁって感じるっていうかァ!」

「ひえっ!? なんやこの人!?」

変なスイッチの入ったアンジュにキリカは戸惑う。いや俺も同じ気持ちだよ……アンタそんなキャラだったのかよ。

その後、「おいひいよー?」と言いながら激辛唐辛子を回収して食べていくアンジュさん。流石《さすが》はグロまみれで痛覚制限も薄いというR指定ゲーム『ユグドラシル・オンライン』からやってきたお姫様だなぁと呆《あき》れてしまう。

「そういえば戦い方もマゾっぽかったなぁあの人。まぁサドよりいいけど」

「ユーリくんはどっちだい？」

「どっちでもねーよ！」

それ聞いてどうするつもりだペンドラゴン!?


「うッ――うんめぇええええっ!?　なんだこのつみれっ、超うめーぞ!?」

次に叫んだのはスキンヘッドだった。

いつだって全力で俺に立ち向かってくれる最高の親友だ。

絶滅大戦のあと、敗北に挫《くじ》けていた偽ユーリ軍団を励まし、自分のギルド『幻影埋葬十三騎士団　―グランド・バタリオン―』（ネーミングセンスやべぇ）にまるっと取り込んでしまったという。すごいコミュ力だ。

あと、俺への復讐《ふくしゅう》に燃えているというバーチャルアイドルのアカヒメも勧誘に成功したらしい。スキンヘッドやばいなマジで。

再びギルド大戦が開かれることになったら、最大のライバルとして立ち塞がってくれることだろう。

「うぉぉぉおっ……素材は普通の魚肉っぽいが、ショウガだのなんだのがちょうどよく混ぜられて、丹念に調理されてやがる。オレ様感動しちまったぜ、こいつぁ誰が用意したんだァ!?」

そう吼《ほ》える親友に、「は、はぁい……!」と控えめな声が答えた。

薄暗闇の中でも綺麗な銀髪でよくわかる。小さな身体に特大の戦闘力を秘めた、合法ロリ悪魔のアリスだ。

「おぉーアンタだったか嬢ちゃん！　こりゃオトナになったらいい嫁さんになれるぜ、がはは！」

上機嫌に笑うスキンヘッド。どうやらアリスのことを詳しく知らないらしい。

そんな彼に、アリスは恥ずかしげに微笑する。

「うんっ、婚約者の彼も料理上手だって褒めてくれるのよ！　私、アラタくんのためにいっぱい練習してるの！」

「へ……婚約者……アラタくん……？」

——そこでスキンヘッドはハッとした。絶滅大戦にて殴り合った相手、悪鬼アラタ（※仕事のため不参加）の言葉を思い出したのだろう。

「あ、ああ、そういやアイツ、アリスっつー恋人がいるとか言ってたな。噂《うわさ》によると見た目がロリとか。なるほど、アンタが……」

「あらっ、そういえばスキンヘッドさんって彼と戦ってたわね。ねぇ、アラタくんって強かったでしょう？　彼ってばとってもすごくてカッコよくてねっ、実はユーリさんを男らしくしたようなすごい美形で、実は会社だって立ち上げててっ――――！」

「そ、そっか、そりゃよかったなぁ……」

……すごい勢いでノロケるアリスと、死んだ表情でソレを聞くスキンヘッド。

アイツ、全然恋人ができないって悩んでたからなぁ。あれだけ感動してた特製のつみれも、恋人のために鍛えた料理の腕前で作られたモノだと知った今、複雑そうな表情で口に運んでいる。

きっと内心嫉妬とか寂しさとか虚《むな》しさとかでいっぱいなのだろう。あんな死にそうな感じのスキンヘッド、初めて見たぜ……。

「可哀《かわい》そうに。親友として慰めに行こうかなぁ……」

「ってやめたまえユーリくんッ!?　事故が起こるぞ！」

なぜか全力でペンドラゴンに止められた。事故ってなんだよ？

――かくして、混沌《こんとん》としながらも楽しい時間は過ぎていく。

ラッコ肉を食べたヤリーオとクルッテルオコンビが何とも言えない雰囲気になったり、マーリンが興味本位で激辛唐辛子をつまんで死んだり、グリムとフランソワーズ姉妹がアリスに料理を教えてもらう約束をしたり、何を勘違いしたのか「ここで武闘大会が開かれてると聞いてッ！」と攻め込んできた天狗《てんぐ》仙人をみんなでぶっ飛ばしたりとかな。

巨大鍋を空にした後は、城のコテージで月を見ながらまた騒いだ。使い魔たちもみんな呼び出し、お酒風ジュースで大盛り上がりだ。

ああ——本当に心から思うよ。

「なぁペンドラゴン。この『ブレスキ』に出会えて、よかったな」

「うん。……こんな私を受け止めてくれる相手にも、巡り会えたからね」

心地よい夜風に包まれながら、確かな絆《きずな》を感じあう。

こうして俺たちのゲームライフは、ずっとずっと続いていくのだった——。

あとがき

ご読了ありがとうございます、Vtuber的美少女作者の馬路まんじです。

これにて『ブレイドスキル・オンライン』は堂々完結となります。本当にありがとうございました。

ラノベ版はこれで終了となりますが、漫画版はまだまだこれからですので、ぜひ読んでください。ウェブで読めるので便利です。あと作中に出てきた「ユグドラシル・オンライン」アンジュの物語と「ダークネスソウル・オンライン」アラタの物語もネットでタダで読めたりします。

えー、普段はコピペと勢いでドバーッとあとがきを書いてる自分ですが（※ついでにまえがきはツイッターのフォロワーに代筆させてる）、流石《さすが》に最終巻となるとですね、色々と心にくるものがあるので、今回は真面目に書こうと思った次第です。

これでブレスキは終了となりますが、まだまだたくさんの作品を生み出していく予定です。

それに様々なコミカライズ作品やYoutubeに貧乏令嬢（※他出版社）のボイスコミック動画なんかもありますので、みなさまぜひぜひ全部買ったり視聴したりして、ツイッターに住んでるわれに「面白かったよ！」の一言をプレゼントしてください。それだけで二日は頑張れます。

皆々様、これまで本当にありがとうございました&これからもよろしくお願いします。

最後に、これまでお世話になった編集さまとイラストレーター様と漫画家様とその他もろもろの皆様へ。

好きです結婚してください！！！！！！！(´;ω;`)

というわけでありがとうございましたー！

OVERLAP

ブレイドスキル・オンライン 5
～ゴミ職業で最弱武器でクソステータスの俺、いつのまにか『ラスボス』に成り上がります！～

発　　行　2023年5月25日　初版第一刷発行

著　　者　馬路まんじ
発 行 者　永田勝治
発 行 所　株式会社オーバーラップ
〒141-0031　東京都品川区西五反田 8-1-5
校正・DTP　株式会社鷗来堂
印刷・製本　大日本印刷株式会社

Printed in Japan　ISBN 978-4-8240-0498-7 C0193

作品のご感想、ファンレターをお待ちしています
あて先：〒141-0031　東京都品川区西五反田 8-1-5 五反田光和ビル4階　オーバーラップ文庫編集部
「馬路まんじ」先生係／「霜降（Laplacian）」先生係

PC、スマホからWEBアンケートに答えてゲット！
★この書籍で使用しているイラストの『無料壁紙』
★さらに図書カード（1000円分）を毎月10名に抽選でプレゼント！

▶https://over-lap.co.jp/824004987
二次元バーコードまたはURLより本書へのアンケートにご協力ください。
オーバーラップ文庫公式HPのトップページからもアクセスいただけます。
※スマートフォンとPCからのアクセスにのみ対応しております。
※サイトへのアクセスや登録時に発生する通信費等はご負担ください。
※中学生以下の方は保護者の方の了承を得てから回答してください。

オーバーラップ文庫公式 HP ▶ https://over-lap.co.jp/lnv/